# 乡约柳江

清洁乡村
生态乡村
宜居乡村
幸福乡村

东木 ○ 著

百花洲文艺出版社
BAIHUAZHOU LITERATURE AND ART PRESS

图书在版编目（CIP）数据

乡约柳江 / 东木著 . -- 南昌 : 百花洲文艺出版社，
2024.1
ISBN 978-7-5500-4447-0

Ⅰ . ①乡… Ⅱ . ①东… Ⅲ . ①报告文学－中国－当代
Ⅳ . ① I25

中国版本图书馆 CIP 数据核字 (2021) 第 217007 号

**乡约柳江**　东木　著
XIANGYUE LIUJIANG

出 版 人　陈　波
责任编辑　杨　旭
装帧设计　文人雅士
出 版 者　百花洲文艺出版社
地　　址　南昌市红谷滩区世贸路 898 号博能中心一期 A 座 20 楼
电　　话　0791-86895108（发行热线）0791-86894717（编辑热线）
邮　　编　330038
经　　销　全国新华书店
印　　刷　廊坊市海涛印刷有限公司
开　　本　710 毫米 ×1000 毫米　1/16
印　　张　11.5
版　　次　2024 年 1 月第 1 版第 1 次印刷
字　　数　180 千字
书　　号　978-7-5500-4447-0
定　　价　65.00 元

赣版权登字　　05-2021-390

网址 : http://www.bhzwy.com
图书若有印装错误，影响阅读，可向承印厂联系调换

# 序

多年以后，我回想起2013年6月13日的那个下午，依稀还记得空气中弥散着淡淡的粽叶香味。

此书的作者，时任柳江县委办副主任、县"美丽办"主任东木打电话给我："请你40分钟后到县委二楼会议室等候，书记找你谈话。"东木打电话的时候声音压得很低，后来知道他是在县委常委会的会议现场打的电话，那天的议题之一是审议柳江县"美丽柳江"乡村建设有关机构的设置。当天，我接到的第一个任务是以县委县政府名义向市委市政府拟一份检讨书……

从那天开始，我们一头扎进了乡村建设的漫漫征程。副主任、常务副主任、主任，我的职务不断地变动。17人，9人，11人，6人……人员来来往往进进出出，"美丽办"、乡村办、振兴办，名称也有所改变。不变的是建设幸福宜居柳江的目标，是把每个村庄打造成"产业兴旺、生态宜居、乡风文明、治理有效、生活富裕"的美丽乡村的初心。

八年过去了，近3000个日夜，我们的足迹已然印在柳江的每一道田埂，每一条乡间小路上。我们把田野里、道路旁、竹坡下的垃圾彻底清除了，同时清除的还有老百姓思想中的一些"垃圾"。吹过丝丝缕缕带着乡愁的风，晨曦和晚霞为我们展开生动的画面；踏着春夏秋冬的月色，蛙鸣虫啾为我们伴奏；在桌前奋笔疾书，星光与月色在窗外为我们静静守候；从群众中来，我们带着农家孩子的质朴和真诚，到群众中去，我们带着惠民政策、科学知识和一颗执政为民的初心；我们天天"乡约"，时时"藕"遇，梨园解花语，"葱满幸福"路，努力打通村屯之间的各条道路的同时，我们千方百计打开乡亲们的思路和心结；"柳版九寨""柳版西湖"、大渡河、三千河、西比河，我们走在村村寨寨中，不断发出"灵魂六问"，直至一呼百应……

何其有幸，成为这个伟大时代的见证者，参与者！何其有幸，成为这段光辉历史的创造者，建设者！这是柳江所有"美丽人"共同书写的篇章，这是所有柳江人的诗和远方！远方还很远！振兴乡村大幕开启，征衣未解又跨鞍，我们将继续脚踏实地，把美丽足迹镶嵌在丰饶的柳江大地上！

柳州市柳江区委办副主任、乡村办主任　孙梅林

2021年9月

# 目　录

# 美丽柳江的前世今生

"一都米，二都女，三都大财主，四都平平过，五都臭狗屎，六都没有米，饿死光头噜"。

这首柳江的旧时民谣，很多柳州人耳熟能详。一都指拉堡、进德两镇；二都指成团镇；三都现在还保留其名，包含三都、里高两镇；四都指百朋镇；五都为洛满、流山两镇；六都指穿山镇。这段民谣讲的是柳江过去发展不平衡的局面。

2013年前，在柳江找不出一个经济繁荣、村容整洁、群众自治能力强的村屯。环顾全县，柳江新农村建设没有形成规模效应。大部分农村存在"有新房没新村、有新村没新貌"的突出问题。每个乡镇有几个村屯作为新农村样板示范点，如百朋下伦、三都板朝、成团大荣等村屯，但这些村屯"有示范、无引领"，辐射和带动作用不明显。

当时柳江很多村屯的新农村建设还在摸索中进行，村庄整体规划意识欠缺，卫生保洁长效机制还没有建立起来，工作力度不够，成效不大。其中，垃圾处理问题尤为严峻。长期以来，受传统生活习惯的影响，村民随意丢弃垃圾，随处堆放杂物，造成了村庄环境的"脏乱差"。

"农村就是这样的，哪里懂得什么美呀，只晓得做工吃饭，养家糊口。"这是村里人经常挂在嘴边的解释。

许多村民的思想意识还停留在追求物质生活上，对于村屯和公共环境建设关心甚少。有些村民只顾"自扫门前雪"，甚至有些村民连"自家门前雪"都懒得打扫。在开展清洁乡村建设之初，工作难以推动，群众应付的多、参与的少。

二十世纪九十年代中后期，柳江做出了很多尝试，以"政府引导，市场运作，多元投入，特色建村"为原则，从政府层面加大对新农村建设的引导，激发群众参与建设的内生动力。

里雍镇岩冲屯，是柳江打造的一个典型示范村屯。1998年，县农业、科技等部门多次深入该屯，按照卫生、整洁的建村治村原则，鼓励有条件的人家兴建沼气池，按照规划建设房屋。2001年，村里的道路实现了硬化，村民们用上了自来水。2003年后，在党员干部的带领下，每家每户轮流开展村庄保洁工作。村规民约规定，村里每日一扫，每周一大扫；各家轮流，每周一轮，如果上家没扫干净，下家有权拒绝接班。2007年，岩冲屯被评为"柳州市最美十大乡村"。2008年10月19日，国家领导人、时任全国人大常委会委员长的吴邦国同志视察了该屯。

2002年，三都镇板朝屯，在政府的支持下，以蔬菜、花卉产业为支撑，打造起"旅游+农家乐"的发展模式。但村里环境卫生欠佳，严重制约了村庄经济的发展。经过深入细致的思想动员，90%以上的村民代表同意开展环境卫生整治。经过锲而不舍的努力，板朝屯成为自治区级文明村。岩冲屯和板朝屯是柳江清洁乡村早期探索的两个典型。

中国社科院农村发展所研究员于法稳说："在过去快速城镇化的背景下，农村人居环境没有得到广泛重视，存在投入不足、标准缺失等问题。这导致农村人居环境建设相对滞后、历史欠账多，'垃圾靠风刮，污水靠蒸发''屋内现代化，屋外脏乱差'，成为不少农村的写照。"这也是柳江的现实。

美丽蜕变，需要勇气和底气，需要有人负重前行。

2013年以来，特别是撤县设区以来，政府引导，企业给力，乡贤助力，群众发力，柳江的美丽乡村建设加速前进。

# 通报批评

2013年5月，柳江县"美丽办"开始筹建。工作节奏紧张、急迫，加班加点是常态。在每一个"美丽姐"眼里，所有的垃圾都是"敌人"。

"美丽柳江环境卫生整治，就是发动群众打一场汪洋大海似的战役。"

县委一纸文件，决定由时任县委副书记的玉秋静同志来主管主抓"美丽柳江"工作。县委领导工作严谨，节奏快，要求事事有回音，有落实，有反馈。

县委安排县委办一名副主任负责日常工作，从各机关单位抽了10多个人，从起草文件、出台政策到考核督查，由"美丽办"统筹进行。抽调人员是一件很考验智慧的事情，时任县委书记覃建波多方协调，抽调"精兵强将"充实到"美丽办"中。

"主任，我们被通报了6个地方。"

"主任，乡镇虽然在动，但在许多村屯，甚至是在集镇上，垃圾处理还是个大难题。"

"村里打电话来咨询，什么时候有垃圾桶发？"

……

每天都有无数问题等待解决。历史欠账太多。

一直以来,许多村屯的垃圾处理都是随意的、无序的。除了个别乡镇重点打造的示范样板点之外,垃圾大都倒在芭蕉下、村后背、河道旁,甚至是大路边。

一名老村主任感慨地说,我们村已经不记得有多少年没清过垃圾了,就像一个人长年累月不洗脸不刷牙一样,那个邋遢啊。

柳州市六县四城区每个月都要排名,排名倒数的县区主要领导将被约谈。

自治区和柳州市的明察暗访是随机的,随时随地的。一旦检查出问题,通报批评;整改不过关的,则会启动问责机制,该免职的免职,该处分的处分。

与以往不同,这次美丽乡村工作是由自治区党委直接部署,重要性不言而喻。自治区党委以问责来深刻触动党员干部的执行能力、执行态度。南宁市一个城区主要领导因为清洁工程落实不到位被免职。广西其他地市的县处级领导、科级领导被直接问责、免职的亦不在少数。

因此,县委柳江要求每一个乡镇、每一个村屯都要深入宣传,使群众的知晓率达到100%。垃圾处理立即启动,陈年垃圾必须处理,这是死命令,是底线。

当时柳江2573平方公里,地域宽广,12个乡镇,127个行政村,清洁的难度非常大。刚开始,柳江以县城、集镇为重点区域,逐级分片包干,责任到人,实行网格化管理。检查出问题,追究当事人的责任。但这只是权宜之计，要真正解决问题，务必全面开花。

"当时，高跟鞋的鞋跟，我都跑断了。"

时任柳江县"美丽办"常务副主任、县人大常委会法工委主任的孙梅林说。

2013年7月的一天，得知柳州市督查组暗访到了九曲河边上。曾在拉堡镇挂职的孙梅林心里一惊。九曲河中的外来物种水葫芦大量繁殖，每到春天，河道就会堵塞。垃圾长年累月被抛入河中，积少成多，逐渐占领了河床河岸。九曲河，原先的母亲河，早已失去当年的清澈，成为许多老拉堡人的心头之痛。

当时，县人大常委会正在组织人大代表听取政府有关部门为民办实事的报告，她交代同事后就跑出会场。由于太过匆忙，鞋跟都跑断了。她完全顾及不上形象，踩着断了跟的鞋子直奔九曲河现场，去接受督查组的质询。

市级督查组检查发现问题后，随行媒体进行通报曝光，属地乡镇主要领导要做表态发言。

站在话筒前的拉堡、成团、洛满三个乡镇的主要领导眉头紧锁，神色凝重。因为抽查发现了问题，他们被市级媒体要求作表态发言。听众则是千千万万的群众和市县各级领导。

每一次检查都会直接影响柳江在全市的排名。"红黑榜"随时公布，以先进促后进。因为清洁卫生工作被处理，不值得，脸上无光，太难看了。

"我们要以此次检查为契机，按照部署，扎扎实实做好垃圾处理和保洁工作，确保美丽工作落实到位……"

市里督查组不喜欢听虚的表态，而是重点检查卫生保洁工作是否整改到位。他们会不定期到检查过的地方"回头看"。

曝光意味着什么,当地的每一位领导干部都很清楚。邻县一个乡镇的党委书记、镇长,因为陈年垃圾处理问题被免职,柳江的干部感受到了压力。

要彻底解决"垃圾处理"问题,只有把每一个村庄发动起来,把群众发动起来,要打持久战。县(区)委对此有着清醒地认识。

县(区)委坚守一条底线,不能让一名领导干部倒在"垃圾堆"上,要以如履薄冰的态度,推动垃圾问题的解决和群众卫生意识的改变。

"连垃圾都处理不好,还能做什么?"

这是领导们最常说的一句话。

美丽柳江,清洁乡村的标准是什么?

这是乡村干部和群众经常思考的问题。

怎样开展工作才能符合要求?

怎样开展工作才能让群众舒心?

# 美丽的"14个文件"

2013年的大多数个夜晚，柳江"美丽办"灯火通明。

为了尽快摆脱被动局面，跳出上级督查、群众反映、村民投诉的"美丽"困境，工作人员绞尽脑汁。

如何有效地推动清洁乡村？

如何制订实施方案和检查验收标准？

如何调动村民们的积极性，使他们成为"美丽乡村"建设的主力军？

如何扭转乡村"无人管事，无钱办事，无章理事"的被动局面？

这都是工作人员要思考的问题。

2013年5月13日，柳江县委、县政府第一时间印发出"美丽柳江·清洁乡村"的活动方案，这是"一号美丽文件"。

首次提出乡村建设的"五大目标"：

清洁乡村，即乡村环境卫生得到有效整治，管护长效机制建立健全，村容村貌焕然一新；

完善设施，实现30户以上村屯道路全面硬化；

美化乡村，乡村建设、规划和风貌进一步提升；

培育新风，即乡风文明，村规民约普遍推行，党群干群关系更加和谐；

造福群众，农民群众致富能力提升，生活水平和幸福指数大幅度提升，形成良好的健康的生产生活方式。

县委、县政府提出了美丽乡村建设的六个基本措施：

集中整治，形成长效。集成政策，集合资源，集中力量分阶段推进活动开展，既要解决当前问题，又要着眼长远规划，形成管护长效机制。

政府主导，群众响应。党员干部带着政策进村入户，深入发动群众，组织群众广泛参与，调动群众的主动性、积极性和创造性，共同建设美好家园。

科学规划，统筹推进。清洁乡村与生态建设、产业发展、新农村建设紧密结合，分步实施，统筹推进，实现乡村清洁与农村经济社会协调发展。

突出重点，全面覆盖。以村容村貌、环境卫生整治为重点，活动覆盖全县农村，惠及广大农民。

因地制宜，分类指导。加强分类指导，鼓励创新探索，形成各具特色又符合农村实际的美丽乡村的方案。

分级负责，社会共建。明确责任，分片指导，广泛动员社会力量，形成政府主导、干部引导、全民参与、上下联动、综合治理的工作氛围。

这五大目标和六个措施，是美丽乡村工作的总体布局和总体要求。县委、县政府吹响了向"陈旧的卫生观念"宣战的号角，这一场"战役"已经全面打响，刻不容缓。

柳州市市长挂点柳江进德镇龙新村委。龙新是自治区级的贫困村。这无疑是一种压力，更是巨大的动力。这发出一种强烈的信号，市委、市政府全力以赴推动环境卫生整治的态度是明确而坚决的。

柳江以县委书记为组长，县长为副组长的清洁乡村领导小组机构立即成立。县委书记、县长和县委副书记经常组织乡镇、部门主要领导专题研究清洁乡村工作，随时随地检查暗访，保持了高强度的工作态势。政府不仅加大了对先进典型的宣传力度，还以通报批评、媒体曝光、诫勉谈话等形式加强监督检查力度。

县委县政府的筹划布局为推动美丽乡村建设和各项工作奠定了良好的基础。

柳江"美丽办"的同志们和财政、住建、环保、农业、市容、水利等部门反复研究讨论，统一思想，达成共识：以开展"清洁家园""清洁水源""清洁田园"等为主要任务；在"美丽办"的组织和协调下，分别成立"清洁家园""清洁水源""清洁田园"三个专项办公室；实行层层落实、各级负责的工作机制；三个专项活动办公室分别成立技术服务指导工作队，负责解决技术性、专业性问题。

各司其职，部门联动的机制形成了。

同时，涉及美丽乡村建设的14个文件密集出台了。

"美丽办"一号文件要求：机关单位带头，划分责任区，确保责任到人，形成全县开展环境卫生整治的良好氛围；各乡镇切实按照责任要求，加强乡村环境治理；责任落实到人；呼吁全社会共同参与，共同推动全县环境整治。

"美丽办"协调纪检、宣传等部门下发了信息报送、宣传工作、督查通报等相关文件，公布了包村挂点领导责任包干、驻村工作队工作职责等方案，从各个方面构建出整体性运转、全局性推动的工作机制。"美丽办"还督促各乡镇制定下发清洁乡村活动方案和责任包干制方案，以包干责任制为抓手，推动工作有序开展。

为规范化推进、标准化考核、常态化工作、长效化管理，柳江出台了长效机制建设大会战工作方案。文件明确规定，到2014年9月前，全县所有村屯卫生管理水平都要达到自治区、柳州市的验收标准。

为了方便群众掌握政策和理解文件精神，"美丽办"经过反复商讨，制订了一二三类村屯卫生标准。

一类村屯"十有"标准，这是最高标准。即：宣传教育有成效，群众知晓率100%；村屯卫生有人管，成立卫生理事会，制订村规民约；村屯路面有人扫，有保洁队伍，垃圾定期清运；垃圾收集有设施，有垃圾清运车；污水排放有渠道，路面无污水漫延；垃圾处理有办法，处理机制健全并有效运行；清洁水源有力度，河道等无垃圾无水葫芦等有害水生植物；清洁田园有措施，农业废弃生产物有处理机制，田间地头无生产垃圾；村屯美化有特色，房前屋后干净整洁，摆放整齐；资金投入有保障，建立有清洁乡村资金筹集、管理办法，收支台账健全，运转保障有力。

这"十有"标准，是村屯开展美丽乡村建设的准绳。为了达到良好的宣传效果，"美丽办"的同志们设计了许多"美丽袋"和围裙，把"十有"标准印制在上面，既实用又便于老百姓掌握。

二类和三类村屯的标准略微有所降低，最重要的是通过标准化建设和简便工作措施，让美丽乡村、清洁乡村深入基层，深入人心，让老百姓知晓。

12个乡镇的配套文件全部制订，清洁乡村的长效机制方案全部出台；村屯级的卫生保洁制度、村规民约、门前三包责任制、卫生管理理事会等制度，逐渐形成和完善，形成了横到底，纵到边的网格化治理体系。

"14个文件也管不好垃圾，怎么办？"县委领导还在担心。

督查，对照标准开展督查，这是"武器"之一。我们要在自治区、柳州市督查之前，发现问题解决问题。

对照考评表，督查工作要求更严格了。"美丽办"要求对各乡镇开展督查活动每月不少于3次，有记录，有反馈，有整改对比图片。清洁乡村工作成为年终绩效考核硬性指标之一。

美丽乡村工作刚开始的时候，一些乡镇和部门不够重视，应付了事，认为这是一阵风，各项工作已经让人忙得够呛，还来一个环境卫生整治？直到一些乡镇、部门主要负责人陆续被通报、被曝光，被纪检监察部门诫勉谈话，干部们才猛然惊醒。原来这不是闹着玩，不是一阵风，是动真格的。一些部门、乡镇对于美丽工作又爱又怕，爱的是看到在党委政府的主导下，乡村环境卫生慢慢发生了改变，建村建乡以来，终于有人认真来管治这个难题了；怕的是"美丽办"的同志的检查，怕被通报批评，上黑榜。

当时，在柳江领导干部当中流传着这样一个段子：局长（主任）和镇长（书记）最怕接到两个人的电话：一个是联席办主任的，一个是"美丽办"主任的。这两个电话号码显示在任何一个领导的手机上，都会让他们血压升高，甚至彻夜难眠。

　　"美丽办"不仅是综合协调机构，更是冲锋陷阵的组织。他们足迹遍布柳江的山山水水，面对面与群众打交道，在村庄里洒下无数汗水，经历着无数的委屈和喜悦，最终是为了每一个村庄的美丽。

　　有一份热，发一份光。

　　多年以后，"美丽办"许多同志回忆起2013年、2014年这一段时光，仿佛每天都在"打仗"，想方设法处理"垃圾"事务。面对批评与监督，面对人员紧缺与任务繁杂，巨大的压力让他们不胜唏嘘。大浪淘沙，他们当中很多人来了又走，也有一部分人选择留下，坚守这一份美丽。

　　孙梅林就是选择坚守的人。八年坚守美丽工作，她的身份和职务也发生着改变，由"美丽办"常务副主任变成主任。因"美丽办"改称乡村办，现在她是区委办副主任、乡村办主任。她笑称自己是全区最大的"传销头目"，把美丽的理念"传销"给每一个村庄，"传销"到千家万户。她可以说是一个地地道道的"美丽姐"。

　　不管名称怎么样变，直到现在，从美丽工作到乡村振兴，任务依然那么艰巨而繁重。下面简单列举一下2020年柳江的美丽工作。

　　4月1日，柳江区召开2020年农业农村工作暨实施乡村振兴战略工作会；

　　6月30日，柳州市乡村振兴办（"美丽柳州"乡村办）、柳江区委、区政府共同主办"云赏美丽乡村"柳江区荷花篇系列活动；

　　9月9日，柳州市2020年乡村风貌提升工作现场推进会在柳江召开；

　　10月中下旬，柳江"美丽办"向全区推广柳江经验；

　　12月2日，自治区对柳江农村人居环境三年整治工作进行实地抽查；

　　12月17日，柳江区召开农村工作领导小组第二次全体（扩大）暨深化农村改革、推进乡村振兴现场观摩会。

每个月安排督查，进村入户，推动精品示范村的建设工作。

这些只是"美丽办"工作的一部分。柳江美丽乡村的背后是他们多年如一日不为人知的勤勉工作。

"美丽办"准确把握广大群众在乡村建设中的需求，一件事接着一件事办，一年接着一年干，目标就是建设美丽幸福的新家园。

# 我们村就是这样的

"'美丽姐',你又来了?"

从2013年开始,"美丽姐"就不断进村入户,把环境卫生、乡村整治的理念传播到千家万户。

"美丽姐","美丽"是"美丽办"的名称,由于抽调过来的骨干力量大多是女同志,"美丽姐"的称呼就诞生了。"姐"是尊称,不论年龄。巧合的是,"美丽"也与孙梅林的名字谐音。

所谓"美丽姐"不单指某一个人,泛指为了美丽乡村工作奋斗的"美丽办"的同志们。"美丽姐"是一群人。

"美丽姐"逐渐被村民所接受。从事清洁乡村、美丽事业的女同志,村民不需要知道她们的名字,都亲切地称她们为"美丽姐"。

孙梅林,从创建"美丽办"至今一直奋斗在美丽事业的最前线。八年来,对于乡村建设、乡村治理,她感触颇深。

柳江很多村屯自建村以来垃圾从未进行过认真地处理和分类,大部分村屯约定俗成把垃圾倒在一个地方，甚至随意扔在路边或河道里。人最怕的是一种习惯，以为自己居住了几十年的地方如此，就只能如此。

以下是"美丽姐"深入村庄的一个场景：

"'美丽姐'，你又来了嘛。"

2013年夏天，"美丽姐"面对村里的群众询问，坚定而又无奈地点点头。她要把这个村庄的群众发动起来，通过动员成为她想象中的模样。

她转身走进了村民小组长照哥的家。照哥在村里说话有分量，"美丽姐"站在他家门口，正在思量应该是敲门还是不敲门。

在村里，照哥家干净一些，但是与美丽工作的标准还是差距很大。当时是上午八点半，他家还没开门。太阳已经照得老高了。挖莲藕的人，早就在田里劳作了，他还在睡觉。

敲门声响起。照哥有些恼怒地面对"美丽姐"。

"你来做什么？有什么好事？"

"主任，当然有好事了……"

还没有说完话，她被照哥生硬地打断了："又来叫扫地吗？我跟你讲过多少次，农村就是这样的！"

"我们不像城市人爱干净，农村就是这样的。"

"美丽姐"沿着通村道路走过来，布鞋沾满泥土。这条进村路2公里，在雨天路上都是泥巴，走在路上，脚常常难以拔出。晴天也没有好多少，刮风时，尘土飞扬，让人睁不开眼睛。

村里杂草丛生，垃圾乱堆，污水乱排，鸡鸭鹅狗乱窜，每家的庭院里乱七八糟地堆放着各种杂物。如果这些只是"脏乱差"的问题，田地里随处可见的农药瓶、农药袋则威胁着村民们的安全。村庄里一般是没有公共卫生间的，即便有的村庄有公共卫生间，其卫生状况也是令人堪忧。

村民们就是在这样的环境中生活。

很多群众对清洁卫生没有概念。对于环境卫生整治，他们的态度很冷漠，认为这只是一阵风，吹吹就过了。他们觉得现在有吃有喝，生活也算小康了，还有什么不满足不知足的呢？他们对于精神生活没有太多追求，对于集体漠不关心，认为村庄的发展与他们没多大关系。

通常是这样的场景：傍晚，"美丽姐"在镇、村干部的协助下，召集村民们召开大会。一般情况下，照例是稀稀拉拉的群众到场。与群众对话，并不轻松，会场通常是闹哄哄的。村民们对于村屯的环境卫生丝毫不关心，对于自身卫生和自家卫生，也大都不重视。他们关心的是"美丽姐"能带来什么样的项目，能带给他们什么好处，最好还是立竿见影的好处。这个才叫实在。在很多会议上，他们先要问有没有补助。这样闹哄哄的场面，"美丽姐"见得多了。

垃圾就似一座大山，压在"美丽姐"的心头。

大部分村屯整体环境卫生不佳，没有垃圾处理设备，没有污水处理设备，没有一个乡镇建有垃圾处理中转站。村里毫无规划和节制，群众普遍缺乏公共卫生意识，奉行实用主义、利己主义。垃圾的处理方式简单粗暴，基本都是倒进河里沟里，丢到大路边或村后背，或是简单地焚烧、堆积或掩埋。至于更难处理的农药垃圾，大多造成了二次环境污染。

一些村屯脏水横流，牛粪遍地，垃圾成山，根本无处下脚。村里道路、公共空间被大量侵占，有新房无新貌，有物质没环境。从县城到里高的国道边，从成团到福塘的铁路边，时常有垃圾堆积。2013年8月，仅仅是清运在洛满北车屯路边的垃圾，就用小四轮车拉了150趟。

刚刚开始清理垃圾的时候，"干部干，群众看"，村民持观望态度，许多人还幸灾乐祸。

"你看，那些干部要来帮我们扫垃圾了。"

"他们不扫垃圾，他们还能帮我们做什么？"

"扫地不干净，他们就挨处分，就被免职。"

刚开始的时候，许多地方对于自治区下发的各类文件，简单应付，工作仅限于文件的层层转发，没有落实。许多人以为这是"一阵风"的政策，应付了事。由于执行清洁卫生政策不到位，一些干部被通报批评，有的还被多次批评，甚至受到处分。

自治区党委、政府希望通过开展环境卫生整治推动干部作风的转变，让群众得到实实在在的利益，解决乡村公共配套设施不足和环境卫生差的问题。自治区党委、政府对这项工作是高度重视的，态度是一丝不苟的。

在柳江，美丽乡村工作启动之初，一些乡镇、部门也是重视不够，应付了事，工作缺乏积极性、创造性。一些乡村更是应付，敷衍塞责。村民观望看热闹，事不关己高高挂起。他们以为，这是上级要求干部做的，干部就要来帮他们扫地咧。

当时，最着急的是"美丽办"的同志。在有限的时间里，如何解决已经存在多年的问题。垃圾收集、处理、清运，需要经费。示范村屯的打造、垃圾清运车的配置、保洁人员的落实，也需要经费。相对有限的经费更是深深困扰着"美丽办"的同志。

在14个"美丽"文件密集印发后，各镇、各部门开始重视美丽乡村建设工作并逐步有序进入轨道。这项工作不仅需要镇村干部深入村屯动员，也需要包村挂点的后盾单位参与支持，持续发力。"美丽办"的同志几乎每天都要深入基层村屯，去宣传政策、解决问题和收集意见。

"你如果前几年来过就知道我们村原来是什么样的。垃圾堆到门口，污水到处流，鸡粪鸭粪遍布全村。"一个村民对笔者说。

"我们农村就是这样子的。"

这是一种可怕的惯性思维。

美丽乡村建设工作同样需要党员干部把群众组织起来，发动起来，去"点燃"群众的智慧和动力。

2021年7月，笔者曾与一位"美丽姐"交流。她曾任土博镇人大主席，分管过美丽乡村建设工作。在基层工作，个中辛酸一言难尽。作为乡镇领导，每个人都会有一两个挂点村委。作为挂点领导，她必须全面掌握整个村委的各项工作，涉及党建、综治、安全生产、维稳、产业发展、脱贫攻坚等方面，当然也包括美丽乡村建设，这是最重要的工作之一。

当我问她，在乡镇这么些年，对于美丽工作，最大的感受是什么？

她想了想说，是要有人去带动，有人去推动，有人去落实。

为什么？

就以土博镇为例吧，在推动美丽工作之初，很多村屯在观望，群众态度不明朗。一些村民不配合，工作难度大，需要下苦功夫。但通过开展清洁乡村工作，群众看到了自己家园实实在在改变，看到了希望，就愿意支持这项工作了。村里要有真正热心的人，特别是乡贤要在乡村建设中真正去推动，去带动，去抓好落实。党员干部要有无私奉献的精神，舍得付出，困难就能被战胜。经过发动，土博一些村屯的乡贤做得非常到位，付出了很大的努力，带动了村屯的改变。领头雁的作用和影响非常重要，像木贯、佳偶、拉见等村屯，乡贤们觉悟很高，积极组织群众，主动动手清洁家园，相关部门及时加强指导和引导，美丽乡村建设工作很快就打开了局面。

当笔者问她，对于今后开展美丽乡村建设工作，有什么建议？

她想了一下，说了三点：

一是一张蓝图绘到底，要按照规划设计，坚持不懈地建设村屯和家园，产出成果；

二是政府加强引导，加大支持力度，利用政策措施，调动起村民的积极性；

三是村屯要有文化活动，通过活动凝聚人心，听取群众意见心声。活动项目的难度不要太大，扩大群众的参与度。每一个季度都应该有一些活动，聚拢人心。村屯各项建设呈现持续性发展态势，才会越来越好。

开展活动寓教于乐，把基层群众组织起来，像过组织生活一样，要有仪式感，有了组织才会有执行力。

覃如廷长期在基层工作，曾任百朋镇人大主席。聊起美丽乡村工作，他很谦虚，说自己没有做太多的事情，工作成绩主要是基层群众、村民积极参与的结果。

百朋涌现出了许多可圈可点的示范村屯，党员干部功不可没，但覃如廷还是强调群众的主体作用。

"让我最难忘的是村民的积极性，感染了我们政府和干部，各级领导干部不断深入积极性高的村屯，我们争取到了最大的支持。"

同时，他也强调了干部在发动群众过程中的关键作用，介绍了高田的覃启随、塘边的覃鹏、六义的覃冬升等党员干部利用休息日去发动群众的情况。他说百朋能够形成"五里怀"（五九、里团、怀洪三个村委的简称）一带的村屯赶超争先建设美丽乡村的热潮是与干部群众的勠力同心不可分割的。

美丽乡村建设带动了旅游业的发展。城里人经常来这些村庄游玩，拉动了消费。村民们尝到了环境治理带来的甜头。

"2021年，我们村收莲藕容易多了。因为修建了8米宽的环村路，收藕老板开车进村十分方便，现在村民不出门，就可以卖掉莲藕了。"塘边屯覃鹏眉飞色舞地说，"群众尝到了甜头，对政府的感激之情，那是不用说的了。"

"美丽乡村工作，最难的是统一群众的思想。要彻底转变群众的思想，只有把清洁工作转变为他们的自觉行动。这才是持续推动乡村发展的根本。党委、政府只是引导，群众才是主导。"

杨臣担任过土博镇党委书记，对发动群众深有感触。他详细介绍了土博镇概况。

"土博镇的'空心村'很多，4.8万户籍人口，在家的村民不足一半。

"以前当地群众流传'定山村、孝中村、北隆村'是牛瘟村，四案、水源等是'垃圾靠风刮、污水靠蒸发'的落后村庄。那时的状况，让人很沮丧。

"我们进村入户，与群众交心。开展美丽乡村建设，我们深切了解到村民有两个愿望：一是要致富，二是要美丽。因此，我们把开展美丽乡村、乡风文明、精神扶贫和移风易俗相结合，开展了千场群众活动，如最美土博人、最美乡贤、卫生达标户、'好婆婆''好媳妇'等评选活动。经过几年的奋斗，现在土博的这一些村庄，已经成为'水清、路畅、岸绿、村洁'的示范村、文明村，产业也得到不断发展和提升。"

绿水青山就是金山银山，在土博的广阔天地，乡村振兴大有可为。在土博工作的几年里，杨臣先后结识200多位镇村干部，遍访1000多个贫困户，足迹遍布17个村委174个屯。他认为，土博群众的思想意识在这几年，特别是2018年之后，发生了巨大的转变。

采访过的几位乡镇党委书记一致认为，群众的思想发动工作需摆在首位。

# "百企"洁"百村"

"我给12个乡镇购置垃圾处理清运车。"

"我们出10万元。"

"我们给村屯购置垃圾桶5000个。"

"我们给村屯购置水泥等物资500吨。"

一家又一家的企业负责人举起牌子。

这是2013年7月24日在柳江举行的"美丽柳江·清洁乡村"——"百企洁百村"公益晚会现场的情景。当晚共有41家企业慷慨解囊，参加捐赠活动，捐赠现金、物资合计450万元。捐赠物资最多的一家企业，总额超过100万元。现金捐赠超过50万的企业有好几个。

为切实管好用好捐赠的物资和资金，"美丽办"的同志连夜制订出了《捐赠物资、资金管理使用办法》，确保让政府放心，企业放心，真正把这些物资运送到最需要的地方去。企业捐赠的这批物资和资金，被纳入规范化管理，并按企业的意愿和要求，直接捐赠到指定的帮扶村屯。其他款物整合后，全县将平衡调剂使用，用于重点区域、重点村屯的环境整治和建设。

钱，要花在刀刃上。

在开展"美丽柳江·清洁乡村"活动中，柳江充分发挥企业与乡村建设的桥梁和纽带作用，积极引导、支持、鼓励各企业参与清洁乡村活动。政府在极其困难的情况下，从财政列支了1000多万元，用于美丽乡村建设的前期工作。但对于历史欠债巨大的农村卫生整治来说，政府的财政拨款杯水车薪。那时柳江有127个行政村、1200多个自然屯，许多项目急需资金。于是，在发动群众自筹的基础上，"美丽办"的同志把求援的目光转向了企业。

改革开放以来，柳江非公经济迅猛发展。据统计，当时全县非公经济占工业经济总量的80%以上，非公经济领域涌现了一大批知名企业和企业家。为助推清洁乡村活动深入开展，柳江县委、县政府和相关部门积极引导企业参与共建美好家园，倡导工业反哺农业，促进城乡一体化发展。企业主动承担社会责任，积极参与乡村建设，结对共建，以实际行动支持"美丽柳江·清洁乡村"工作。打造美丽柳江，相互促进，这是政府与企业的共同目标。

2013年，柳江开始探索企业"点菜式"帮扶村屯开展清洁卫生的新模式，让企业与村屯结对帮扶。

企业根据自身资金、物力、人力的情况，从具体帮扶项目菜单中选择适合自身帮扶能力可及的一项或多项帮扶项目，开展清洁帮扶活动。

根据企业的意愿，以"企村结对、整村帮扶""企屯结对、按需帮扶""企镇结对、平衡帮扶"等方式，企业与村屯结成对子，企业在人才上、资金上、思想上给予村屯支持。

企业积极响应，主动捐款捐物，解决了结对村屯道路硬化、垃圾清运车购置、垃圾池建设、陈旧垃圾清除和村庄绿化美化等各方面的困难。

有条件的企业，可按照"清洁家园、清洁田园、清洁水源"三项专项活动的验收标准，整村整屯打包帮扶。企业也可以提供资金和人员，或者通过"企业出资—政府出人"的方式，打造样板示范村屯。

根据结对村屯的实际情况，企业还可以选择三项专项活动的其中一项进行帮扶。此外，企业通过爱心捐款，由政府统筹根据村屯的不同需求进行帮扶。帮扶的具体内容包括：建设乡村垃圾处理运送设施，建设排水排污设施，清理溪流、池塘及沟渠，清理粪堆和水葫芦等。

柳江房地产公司积极参与美丽乡村建设工作。汽车和汽配企业是柳江的经济支柱，它们在清洁乡村的过程中贡献巨大。"飞歌""柳工""柳挖""柳拖""中联""旗辉""健龙"等企业，不仅在资金、设备上给予支持，还从技术层面上进行指导和培训。它们为村屯整治环境、保障和改善民生、促进社会和谐做出了积极贡献。

2013年以来涌现出的示范村屯，都有企业在背后默默支持。"十一五"期间，全县有100多名非公经济人士参与了95项新农村建设，捐资金额达980万元。有一家非公企业参与"三产型"新村建设，已累计投入资金5000万元。另外，还有130多位非公经济人士投资农业项目，总投资1.2亿元。这些企业和企业家有力地推进了新农村建设，开创了工业反哺农业、村企携手共进的发展局面。例如，白莹劳保公司长期支持进德镇龙朝屯开展美丽乡村工作，设置了村屯车间，就近就地带动村民劳动致富，助力脱贫攻坚。

至2013年10月份，"美丽柳江·清洁乡村"活动仅仅开展半年，柳江已投入专项资金865.5万元，清理垃圾6371吨，清洁田园4.5万亩，打造了147个县、镇、村示范点，城镇和乡村面貌明显改观，群众卫生意识明显提升。

从"百企洁百村"伊始，美丽乡村建设就形成了政府、村庄、企业的三方联动机制。环境治理工作的重要性越来越深入人心，但如何真正发挥出群众的主体意识仍然任重道远。

唯有真正激发群众活力，才能可持续性地推动乡村建设。

# 宣传全覆盖

"美丽柳江·清洁乡村",从字面上看仅仅包括卫生和环境工作,但实际上这是一个系统性工程,内涵十分丰富。

对于"美丽姐"们来说,这八个字有一些"重塑家园"的意味。

"美丽柳江·清洁乡村"的清洁目标不仅包括道路、田园、河流,还包括生活方式、精神追求和信仰信念。

推动美丽乡村建设活动向群众自治化发展,改善村容村貌,提振村民精神,提升生产生活品质,塑造集体主义和主人翁精神,这些都是党委和政府的重要目标。

信心、信念、信仰,至关重要。

通思路,通心路,树立起群众对美丽乡村建设的信念信心,是极其重要的。党委和政府要把不同思想观念和思想认识的群众团结在一起,从清洁乡村开始,引导他们关心村庄卫生,关心集体事务,关心国家政策,为乡村找到一条持久、长远、和美、生态的发展道路。

这是推动"美丽"事业的初心和雄心。

欲美其村，先提其志。

于是，一个又一个的"美丽姐"深入村屯，开展政策宣传和"头脑风暴"工作。有的"美丽姐"被村民拒之门外，有的受到指责埋怨，她们的工作面临重重困难。

"美丽姐"不仅要有开展工作的决心和恒心，还要有智慧的方式方法。

"我们从每个乡镇选出群众基础和村屯环境比较好的村屯作为我们的示范村屯，带领乡镇、村委全力推进工作。通过打造典型来就近就地引导其他村屯。示范点，看得见，摸得着。同时，上级来检查，也有村庄做示范。

"如果每个乡镇有2个县级示范点，全县就有24个，每个乡镇再建立2个乡镇级的示范点2个，这样就有48个示范样板村屯。从掌握的情况看，2013、2014年远远不止这个数。

"用看得见，摸得着的示范点，引领周边村庄一起来'比学赶超'，这样的引领更容易被群众理解和接受，更容易获得群众支持和参与。

"有时候，也被群众气得要哭了，委屈得很。

"我们到村里发动做清洁卫生，群众认为很无聊，干净不干净，他们要自己说了算。

"有些群众还认为我们肯定拿了好处，要不然怎么大老远的一天到晚地来发动做清洁工作。"

"美丽姐"们说起当年的情景，你一言，我一语，如数家珍。

当年的村民思想发动步履维艰，许多村屯的工作推进缓慢。

动员工作的第一步是推出一封公开信，公开信讲清了美丽乡村建设工作的重要性和政府工作的决心和部署。公开信由县里统一印制，面向全县发放。驻村工作队员和乡镇干部深入群众家中发放公开信，入户宣传达1万多人次。他们还利用圩日发放了20万份公开信。村屯宣传栏、道路两侧墙面也是主要的宣传阵地。工作人员张贴宣传画1400多张，建立各类宣传栏1273个，悬挂标语1400多条，在主要路段设立大型宣传广告牌80余个，以直观可见的方式，扩大影响力，实现宣传工作全覆盖。

柳江还组织文艺力量下乡宣传，先后组织"清洁乡村""想唱你就来"卡拉OK演唱活动700多场，各类文艺会演200多场次，同时以宣传车等方式进村（社区）入屯（街巷）开展宣传动员工作，累计在各中小学开展宣讲活动300多次，向中小学生家长发放《"小手拉大手"公开信》5.1万份，使清洁乡村活动家喻户晓。

同时，县域门户网站和柳江电视台开设专栏，跟踪报道清洁乡村活动。柳江还积极向其他有影响力的媒体投稿，三都、成团等清洁乡村的经验在《广西日报》《柳州日报》上发表。

"宣传态势铺天盖地，让我们的群众知晓率达到100%。"

当时县里分管领导说得好，宣传要形成全覆盖，不遗一户，全民知晓。

这是推进乡村建设的关键一步。

"当然了，要紧紧依靠乡镇、村委才能把宣传工作做大做实。"

通过会议统一思想，是我们共产党人开展工作的成功法宝。在会议上，大家可以交流思想，统一目标，求大同去小异。

"你不知道，为了打造一个示范点，那时我们要召开多少次会议。""美丽姐"回忆当年，感慨之情难以自已。

"那时开会主要是讨论什么问题呢？"

"什么问题都有啊，卫生管理理事会，制定村规民约、筹集保洁经费、聘请保洁员，垃圾分类管理、卫生保洁轮值等制度，一样一样的讨论，一样一样的通过，我们急也急不来啊。

"其实，群众挺朴实的，光说也不行，我们得有看得见，摸得着的实惠，用一定的资金、项目来奖励做得好的村屯，这样才能出现争先恐后的局面。

"光是制定积分制，莲花屯就开了十四次会议。为确立莲花路径的自治管理模式，我们召开了一百多次会议。

"喂蚊子是家常便饭了，与村民擦出火花也是经常事，今天晚上进村解决一个问题，明天晚上再解决一个问题。只要道理讲得通透，政策讲得明白，群众的工作慢慢地就做通了。"

发动群众难，组织群众难，为破解这些难题，柳江建立完善了"四带头"制度，即县委常委带头包，科级干部带头清，村党支部书记带头干，驻村工作队带头帮，带领群众参与乡村建设。除了组织召开村民会议，县、乡领导干部还利用本籍党员干部春节（节假日）期间回乡宣传、座谈、调研，以加深群众对美丽乡村建设活动的政策认识，提升群众对美丽乡村建设的认同感。他们通过不懈的努力激发出群众建设家园的内生动力，形成合力坚定共建家园的信念。

美丽乡村建设，以宣传政策为切入口，充分发动村民积极参与，充分发挥村民的主体作用。

实干兴邦，空谈误国。宣传入脑入心，更需付诸行动。

# 百姓问政与以奖代补

　　为充分发挥群众监督、舆论监督的作用，在县委县政府的大力支持下，柳江创新监督机制，率先开办了《百姓问政》电视栏目。由县纪委牵头承办，通过百姓参与、百姓评说和百姓监督，接受全县人民监督，旨在整顿干部作风、督促部门落实工作的一项"硬招"，着力解决群众反映的突出问题。

　　"部门年初做承诺，我们年中查承诺，年末让群众评承诺。如果群众评议满意率不到70%，纪委就会约谈相关负责人，诫勉谈话；第二次还不到70%，就要扣除绩效、调整岗位、免职。"时任柳江县委常委、县纪委书记苏学常说。

　　百姓问政，重在不折不扣地兑现整改承诺，对群众反映强烈的问题，特别是问政现场百姓提出的尖锐问题，绝不能犯"拖延症"。纪委将根据问题，加大监督问责力度，对敷衍应付的要追究主要领导责任。

　　"尘土飞扬，尘土弥漫，柳堡路风貌改造工程严重影响了人们出行和群众生活，请问住建局将如何解决这个问题？"

2013年7月2日，柳江针对柳堡路改造存在的突出问题，在柳东公园搭起"问政台"，就柳堡路改造工程工地扬尘、进度缓慢、交通标志不完善等问题，60名群众代表组成的代表团向住建、交警、市容等相关部门进行质询。质询会进行了现场录制。县委领导要求相关部门进行切实整改。

"请问三都镇党委胡书记，群众反映的里贡村垃圾堆积成山的问题，是否属实？你们打算如何解决？"

这是2014年5月的一个录制现场。

2014年4月，里贡村村民反映：村附近的垃圾乱堆成山，苍蝇成群，恶臭阵阵，严重地影响了村民的生产生活。听到群众呼声后，县纪委和电视台便将《百姓问政》栏目演播间直接搬到里贡村。由当地村民代表组成评议代表团，对环保，住建，三都镇、里贡村委等单位"一把手"进行公开质询。

评议代表可以通过举"笑脸"牌或"哭脸"牌的方式对领导们的表态和承诺做出评价。如果评价过低，纪检监察等相关部门会直接介入，督促整改。

"我们将加强垃圾场的规范管理，聘请专业队伍，加快垃圾清理，加大消杀蚊虫力度；并进一步加快垃圾中转站的建设，彻底解决垃圾处理问题。"时任三都镇党委书记胡然富承诺。

时任县住建局副局长张华斌表示，垃圾中转站的征地工作已经完成，争取半年内建成投入使用，真正解决好垃圾处理问题。

"我对县市容局举'哭脸'牌，因为他们在去年初承诺解决的马路市场占道问题至今依然存在，这不符合环境卫生整治的要求。"

"以前总是在电视上看到《百姓问政》栏目，现在在家门前亲自参加，心里很是高兴。"一位代表说道。但是，他仍然给台上的答复领导举"哭脸"牌，"不是说他们的工作做得不好，而是鞭策他们，督促他们加快处理速度。"

柳江电视台主持人杨柳抛出的问题，尖锐而实在。他台风沉稳，直击问题要害。他和他的同事们经常穿梭在大街小巷、田间地头，查验群众反映的问题，做好现场录像，采访相关事件人，制作成短片，在《百姓问政》栏目中向涉及的乡镇、部门当场询问。不定期的问政栏目让许多主要负责人感觉到了压力。每次现场录制节目，县委书记或纪委书记都会到场，足以体现党委的高度重视。

一个村民代表说，这样的问政形式，真正体现了政府的服务职能，让我们与政府部门领导面对面交流，增进对他们工作的了解，有助于推动美丽乡村建设工作，让更多群众了解清洁乡村的重大意义。

"在电视镜头前接受大考，把工作亮在群众眼皮底下，倒逼干部转变作风。"时任柳江县委书记覃建波说。

自《百姓问政》电视栏目开办以来，累计有9期节目涉及美丽乡村建设工作，共有6位县领导、28个部门（乡镇）主要领导在问政现场解答群众提问。"堡隆路建筑垃圾霸道""柳堡路路灯增亮""水葫芦堵塞九曲河道""农贸路口占道经营""夜市扰民"等问题得到了及时有效的整改。相关部门负责人在节目中与群众面对面，接受群众测评。责任单位领导上电视听民声，答疑解惑，深化行政效能建设，转变工作作风。通过让干部"亮相"、用问责"亮剑"、给实绩"亮分"，搭起党群、干群的连心桥。以"年初承诺，年中查诺，年末评诺"的办法，切实转变干部作风，强化执行力，解决突出问题。

通过问政工作与推动工作相结合，各乡镇和相关职能部门集中人力、集中时间、集中精力，积极开展市容环境综合整治和"美丽柳江·清洁乡村""百日大会战"等多项行动。仅在2013至2014年初，就组织了3次声势浩大的拉网式环境卫生清理整治活动，组织群众5万多人次，共清理垃圾4.5万吨。

2013年，在美丽乡村建设工作中，柳江累计投入资金6430万元，新建"村收镇运县处理"垃圾中转站11座，新建集镇公厕6座，配给乡镇各类垃圾转运车1500辆、垃圾收集箱（桶）2.8万个，新建垃圾池1489个；建立县级示范镇2个，建立村屯垃圾综合处理示范点14个，清洁田园示范点12个，清洁水源示范点12个，树立村屯保洁、建新拆旧、绿化美化等示范点8个；共计清理垃圾3.8万吨，清洁水源4.2万平方米，清洁田园26万亩。这仅仅是一年的战果。

从2014年开始，美丽乡村建设工作经费列入财政预算，柳江持续加大财政投入力度，每年投入资金超过1亿元。乡村的改变一天比一天明显。

有奖有罚，有监督有批评，这是美丽乡村建设工作的常态。

清洁乡村工作要坚持两条腿走路：一是村民要有自发性，二是政府要有引导性。两者结合，才能让村庄跑得更远。

"于是，我们的奖励机制出台了。"

柳江把美丽乡村建设活动工作指标纳入绩效考核体系，对年度美丽乡村建设排名前三的乡镇分别给予100万、80万、60万元的经费奖励。

在工作中，柳江还探索出"缺啥补啥奖啥"的奖励机制，"以树代奖""以灯代奖""美丽示范创建奖"等奖励办法相继出台，以路灯、水泥和花草树木激励工作成绩突出的村屯，进一步激发了建设村庄的热情。

"你不知道，现在我们进村入户，群众还经常说起，当年以奖代补，许多村屯的夜晚变亮了，花草变多了，与城里一样了。

"大伙儿见面时问候方式也有所改变，第一句话就问，你们村现在美丽乡村建设工作做得怎么样了？"

从2014年开始，柳江不断完善督查考评办法，把"以灯代奖""以树代奖"与"月督查、月通报、月兑奖，年排序、年评奖"的工作机制挂钩，丰富了激励工作的措施和办法，建立起全方位推进工作的机制。

"以树代奖"提升了村庄绿化美化水平。积极开展村屯绿化活动，还可以涵养水源。实施"示范点提亮升级工程"，对有"饮水净化""道路硬化"项目的村屯进行"以树代奖"，有效地调动了农民群众自主绿化、美化家园的积极性，逐步形成村屯之间"路相通，水相融，绿相映"的新面貌。群众普遍树立了"种树就是种财富"的观念。围院栽树、沿河布景、空地绿化、绕房美化，"见缝插针绿"和生态种植养殖相结合，最大程度保持了农村原生态特色，实现了"不拆不砍就地整治"，展现了整洁一新的农村面貌。

仅在2015年，柳江发放奖励11批次，组织群众栽种苗木3.15万株、草皮4.8万平方米、花卉11000余株，价值总计达350多万元。柳江还大力推进"绿色村屯"建设，打造地方特色精品村屯。2015年，成团镇戈茶屯、三都镇边山屯、百朋镇下伦屯、拉堡镇蒙水屯和里雍镇龙脉屯共5个村屯获广西"绿色村屯"称号。2016年，柳江评出"绿色村屯"20个、"美丽庭院"85个、县级优秀保洁员100人，分别给予奖励。百朋镇怀洪村被评为2016年度"美丽广西"乡村建设示范村。柳江荣获自治区级"绿色村屯"荣誉的村庄共11个。

柳江还推动"以灯代奖",对各镇、各村屯奖励太阳能路灯。2017年,柳江共奖励621盏太阳能路灯,投入217万元;2018年上半年共奖励571套路灯,投入205万元。在各级党委政府和社会各界的共同努力下,至2020年底,"亮化"工程在柳江所有村屯都已完成,1.7万盏路灯照亮了每一个村屯。这路灯,照亮了群众发展生产、勤劳致富的方向,坚定了跟党走、听党话的信念。

政府运用奖励制度,激发出群众赶超争先的建设热情,掀起建设家园的热潮。

许多村屯群众自发捐款捐物,形成广泛参与的良好氛围。有些群众就地取材装扮村庄,创意十足。他们利用废弃石片铺成一条别有韵味的石板小道;将废旧汽车轮胎涂上五颜六色的油漆,使其成为赏心悦目的花坛和供休息的小凳;用竹子扎成漂亮的篱笆;把用不上的旧单车、缝纫机和各种坛坛罐罐变成花架花坛;把犁、耙、锄等农具挂在泥墙上,营造出浓浓的乡土气息。

"道虽迩,不行不至;事虽小,不为不成。"

创业维艰,尤其是创业之初。唯有多方支援,形成物质与精神上的合力,才能有效推进工作。

# 打　捞

　　"你好，我们九曲河这里到处是垃圾，到处是水葫芦……"

　　2013年夏季的一天，有群众打了市长热线进行投诉。

　　这一投诉得到了柳州市政府的重点关注，柳江因此被通报。

　　这年6月底，县委县政府召开会议，听取了"美丽办"的工作汇报，对九曲河、保村河部分河段的垃圾倾倒、水葫芦覆盖河面等问题进行重点研究。

　　会议要求，拉堡镇镇政府和市容、水利、环保等部门要立即采取行动，两条河段的清理工作必须在一个月以内完成。

　　"这条河的污染，令人不安，我们居住在河流附近，生产生活受到了很大影响。"一位住在九曲河河边的村民说。

　　以前，九曲河河水清澈，常年有人在河中游泳，但自二十世纪九十年代开始，由于受到生活垃圾侵袭，水质变差，九曲河慢慢变成了污水河。同时，水葫芦大量生长，覆盖了许多河段，这造成河道梗塞，水流不畅。由于生活垃圾、杂草充斥，九曲河三分之一的河段当时已经看不到水面，水质严重恶化。

这就是当时的状况。

由于涉及城市面貌，此项工作由市容局具体承办。

"你不知道，当时的状况是有多么令人心急，我们在没有任何装备的情况下，就组织人力去直接打捞了。"时任市容局副局长韦金发感慨地说，"我们没有任何经验，也没有什么工具，就凭一腔热情。为了群众的生产生活，为了还河流原来的模样，我们真是拼了。"

经过前期勘察，清理工作从九曲河的五伦桥至樟木桥，整治河流长度约为6公里。

"就是要给老百姓看看我们的决心。"

但河道清理的艰难程度远远地超出了他们最初的估计。

2013年7月3日，市容局安排52名民工，调配1台长臂勾机、2部环卫压缩垃圾车和3部小四轮进行作业。他们原以为长臂勾机可以顺利打捞起水葫芦，但由于水体波动大，机械作业费时费力却效果不佳。

在这种情况下，他们只能用最笨的办法——人工打捞。

很多群众在附近围观。

据说，当年为了繁荣生猪养殖业，有关部门从国外引进了水葫芦。结果养殖业没有发展起来，水葫芦作为外来物种，在适合的环境中疯狂生长，严重地影响了水流水质和鱼类生长。

水葫芦盘根错节，密密麻麻，不易打捞。民工们租借和自制了竹排，依靠勾、耙、竹箕等工具进行打捞，劳动强度非常大。

"一二三，哟哟!"民工们喊起了号子。

由于长时间没有对河道进行过整体清理，河道里累积了死猪、死狗、死鸡、死鸭等大量的动物尸体。在打捞的过程中，臭气熏天。

第一天，打捞上来的各类垃圾450吨。

"老韦，你要穿上鞋子，不穿鞋子一律不许下河。"

"老覃，把游泳衣穿上，注意安全。"

打捞工作紧张进行的同时，安全监督也没有出现松懈。当晚，入水打捞水葫芦的民工，几乎都出现了皮肤瘙痒的症状。这就是为了美丽事业默默奉献的一群人。

不仅打捞工作十分困难，清运工作也非常艰巨。由于大部分河段的河堤较窄，车子无法通行，垃圾清运也只能依靠人力，非常耗时，进度缓慢。负责打捞的民工将清理上来的水葫芦暂时放在河道附近的田地里，这引起了一些村民的不满。

"你们不能把垃圾堆在我地里，很脏的。"

"你们这样放，是需要赔偿的。哪个给你们这样放呢？"

一些群众不理解不支持，甚至妨碍清理工作。

市容局与拉堡镇、水利、环保等部门联动起来，进村入户，开展群众思想工作，从思想上引导他们支持美丽乡村建设工作，以实际行动支持清洁卫生工作。

经过几个晚上的沟通，沿河两岸的村民开始支持这项工作。

趁此机会，环保部门把《致百姓的一封信》发到群众手里。这封信详细介绍了环境保护的相关规定，让群众知道政府当下在关心什么、支持什么、推动什么。

"我起码瘦了十斤，每天从早上七点多到现场，晚上天黑了才回家。不管好现场，出了事谁负责？进度慢了，哪个负责？"

在一个月的时间里，韦金发带领群众把九曲河、保村河河道清理一新。许多群众感慨道，原来九曲河这么漂亮！

同时，市容局对洛满凤山河、流山逢吉河等河段的水葫芦也开展了清理工作。

水葫芦打捞到哪里，美丽乡村建设工作就宣传到哪里。

群众对政府开展清洁乡村工作，欢欣鼓舞，由衷称赞。三千村的一位村民曾从以说，他们村里的水葫芦，对于水源污染影响很大，养鱼也养不了，自己村里也整治过，都是小打小闹，成效不好。这一次政府终于帮他们清理干净，别提有多开心了。

"政府帮我们打捞河道垃圾，清理了多年的安全隐患，光这一件事，就可以写书立传了。"

这一次打捞，打捞的不仅是垃圾，更打捞起民心，既宣传了美丽工作，又聚起了民意。

在河流治理期间，农业部门开展了"清洁田园"工作，对田地里的白色垃圾、废弃农药瓶袋进行全面清理；环保、水利、住建等部门开展了"清洁水源"工作，在村庄规划设计中融入了污水处理方案；一些村庄设立了微型污水处理站。

# "灵魂六问"

"你为这个村做过什么？"

这一问，犹如当头棒喝，问得人猝不及防。

艰难困苦，玉汝于成。在无数次的摸索和实践中，柳江总结出了一个推动乡村建设的法宝——"灵魂六问"。"灵魂六问"成为一个思想动员的利器。

时任柳江区委办副主任、乡村办主任孙梅林，一有机会就会推介六问之法。她把"灵魂六问"当做思想扫把，清扫陈旧的思想观念。

何谓"灵魂六问"？

即乡村治理的六个关键问题：

第一问，这是谁的家？

第二问，谁来建设它，谁来管理它？

第三问，扪心自问，长这么大你为这个村做了哪些贡献？

第四问，思考我们村现在有什么资源？

第五问，我们要留给后人怎样的家园？

最后一问，从现在开始，我们每一个人应该怎样做，才能建设好我们理想中的家园？

"灵魂六问"是在美丽乡村建设过程中不断总结出的群众思想工作方法，每一问都紧紧扣住乡村实际。

灵魂第一问：这是谁的家，这是谁的村庄？

绝大部分村民都会脱口而出，"这是我们村啊"。

但在乡村治理和乡村建设过程中，很多村民不约而同地认为，虽然这是我们村，但是"美丽乡村""乡村建设""乡村治理"等都是政府的事情，是"上面让我们干的，我们才要干"，根本没有意识到乡村建设就是在建设自己的家园，为自己家做贡献，为自己家创造财富。他们没有意识到，只有他们自己行动起来，才有可能真正建设好自己的乡村。

"灵魂第一问"就是要引导大家深刻意识到自己才是村屯的主人，增强主人翁意识，反复思考"这是谁的家"，激发内生动力。

灵魂第二问：谁来建设它，谁来管理它？

在回答这个问题之前，孙梅林一般会提醒村民建设美丽乡村不仅是政府的工作任务，也关乎到村民们自身的利益。一个村庄要旧貌换新颜，一定要靠本村村民的努力才能实现，必须要摒弃"等、靠、要"的思想。只有本村村民努力改变，公益组织和相关企业才会愿意加大投入，政府才能给予更大力度的支持，乡村才能"改头换面"，村庄才能成为宜居、宜业、宜游的新时代家园。

村庄基础设施建好以后，管护运营也是一个大问题。如果群众没有强烈的主人翁意识，"仔花爷钱不心疼"，就不可能管护好村庄。

灵魂第三问：长这么大，你为这个村做了哪些贡献？

这个问题直击人的心灵。

我做了什么？许多人扪心自问，都会觉得自己做得远远不够，让这一问难倒了自己。

这一问的目的是唤醒群众的奉献意识，激发群众的内生动力。

或许一些人，长这么大以来，从来也没有为村里、为集体做过任何事，只顾低着头做自己的事情，眼光就在家门口。当政府要为村屯引进项目时，人人眼里放光，觉得自己应该可以从中获利。他们认为把事关自己利益的事情做好就万事大吉了，其他的事情一概不管。如果损害到自己的利益，他们就会跳起来，摆出各种理由，无论如何也不同意了。

就连最简单的垃圾清理，有些村屯的群众还索要工资，甚至有人连自己的门前空地、自家垃圾都要别人清扫……

这就是当时的状况。

灵魂第四问：思考我们村现在有什么资源？

对此，很多村民的答案是："政府没有支持，我们没有文化，不知道怎么样弄啊。"

"我们不会啊，没有读过书，什么都不懂。"

"我们村什么都没有，穷，没有钱修路，没有钱搞七搞八。"

"都是上面领导弄的，我们只跟着干活就行了。"


灵魂第五问：我们要留给后人怎样的家园？

许多村民从来没有想过这样的问题。他们想得最多的是过好自己的日子，过好眼前。这有一定的合理性。每一个人过好自己的日子，也是为国分忧，为家助力。但在这个发展迅速的新时代，村民们不仅要关注当下，更要着眼未来。因为只有以更长远的目光来审视乡村，才能找到可持续发展的道路。不关注未来，就无法经营好当下的生活，就会失去前进的方向，就会因为短期利益损害村庄的长远发展。村庄是村民们世世代代栖居的家园，我们要留给后人怎样的家园呢？是鸟语花香还是垃圾遍地？是水源清澈还是污水横流？是土地肥沃还是贫瘠不堪？

这值得村民们认真思考。


灵魂第六问：从现在开始，我们每一个人，应该怎样做才能建设好我们理想中的家园？

这是确定努力方向的一问。

时不我待，只争朝夕，乡村治理刻不容缓，时间紧迫，任务艰巨。

2021年中央一号文件，明确指出到2025年乡村建设行动要取得明显成效，乡村面貌要发生显著变化，乡村发展活力要充分激发，乡村文明程度要得到新提升。如果柳江不力争上游，与先进地区的差距就会进一步拉大。唯有积极学习先进地区的经验才能快速发展，只有奋起直追，才可能缩小与先进地区的差距。

正因如此，柳江积极学习推广浙江"千村示范、万村整治"的经验，加快实施乡村振兴战略，切实改变提升乡村风貌水平，建设生态宜居的美丽乡村。

实现美丽理想，筚路蓝缕是根基。现在该怎么努力，未来该怎么努力，都需要抓紧时间做出正确的谋划。

这"灵魂六问"是柳江人脚踏大地提炼出来的智慧结晶。

"灵魂六问"开启了柳江模式，激发出群众内生动力。以"我手建我村，我手美我村，我手护我村"的思想为导向，以"欲美其村庄，先提其心志"为治理思路，用"把群众发动起来，把村庄建设起来，把良俗传承下来"的办法，充分调动群众内生动力，让群众由"看客"变成"主角"，逐渐形成"万人谋一事"的良好局面，这就是"柳江模式"的核心内容。

八年来，柳江农村经历了从"脏乱差"到美丽宜居的蜕变。

2016年4月10日至15日，央视七套《美丽中国乡村行》栏目摄制组走进柳江，向外界展示了柳江的美丽乡村、自然景观和人文乡愁。6月24日，在美丽乡村博鳌国际峰会2016年年会上，央视网对柳江做了专门的报道，向全国推介柳江美景美食、乡土人情以及名为"乡约·藕遇"的美丽乡村建设项目。

"如果说始于2013年的美丽乡村建设是新农村建设的升级版，生态宜居乡村是美丽乡村的提升版，那么乡村振兴则是全面提速版。"时任柳江区主管美丽乡村建设的区委副书记韦松凌说，"农村人居环境整治是乡村振兴战略的一场'硬仗'，是建设美丽乡村的重要内容。"

2013年，柳江的乡村建设在着力打基础，从2018年开始，柳江的乡村建设进入了快速发展阶段。柳江从产业振兴、人才振兴、文化振兴、生态振兴和组织振兴等五个方面着手，全面推进美丽乡村建设。

　　不驰于空想，不骛于虚声。世上没有坐享其成的好事，要幸福就要奋斗，要"美丽"就要奋斗。

# 高田模式

2019年3月，百朋五九村高田屯的媳妇郑靖玲，春风满面地站到了自治区乡村建设现场会的发言席上。自从嫁到高田以来，她从没有这么紧张过，也没有如此自豪过。郑靖玲不仅在美丽乡村建设中起到了模范作用，她还凭借自己的医学专业技术，定期为高田的父老乡亲体检，被村民们亲切地叫作最美媳妇……现在，在外面创业工作的高田人，近的早晚回，远的节假日抽空回。有钱出钱，有力出力，不断助力高田的各项基础设施建设。她介绍了高田模式："干部帮，乡贤助，我手建我村；少花钱，多办事，我手美我村……"

高田是柳江区美丽乡村建设的一个新起点。

2018年重阳节前夕，高田的媳妇们听说柳州市电视台要到隔壁塘边屯拍摄"宜居乡村"活动成果展示专题片，一下子愣住了。

"原来塘边屯与我们村是一样的。为什么他们可以呢？"

高田人纳闷，互相询问。

塘边屯要评上"绿色村屯"了，这则消息在高田男女老少中间传开。

而且听说，塘边屯群众组织歌舞排练，重新修订"村规民约红九条"和"黑名单制度"，他们准备大干一场。

为什么我们默默无闻？荷田塘边是紧挨着的啊，对面村的鸡叫声都能听到的。再这样下去，我们村可不行了。村里的几个骨干，一起讨论建设方向。正在一筹莫展的时候，覃启随回到了高田。

每年，柳江都开展干部、乡贤回乡助力美丽乡村建设活动。覃启随是区政府调处办的一名干部，2018年9月送儿子上大学后，回家看望90岁高龄父母的次数比从前多了许多。

"我看到村里的老人家，居住的环境几十年来一直也没有改变，心情十分沉重。我想为美丽乡村建设贡献一点儿自己的力量。"

村里长住着60多个老人，覃启随就寻思着要给老人们创造一个干净整洁的环境，让村里的老人颐养天年。这是他的初心。

村庄的脏乱环境，是后辈们不愿再回农村的原因之一。村里的老旧房子大多东一间、西一片，村头村尾垃圾不少，村中道路多年没有清理过，污水排放随意。进村道路狭小，在莲藕上市季节，老板都不愿意进村来收购，运输是个大问题。整个村庄毫无规划可言，鸡鸭鹅狗四处乱窜。

在百朋镇，高田算是农村基础条件比较好的村庄。但与下伦屯相比，还有很大差距。下伦是自治区级田园综合体"荷塘月色"的核心景区，这几年村里环境卫生一直保持得不错。在万亩荷塘中，进行了墙体外立面改造的房屋，白墙灰瓦，清新整齐。每年夏季游客很多，加上政府每年都会举办荷花文化旅游节，村民随意做一些小吃生意，都有可观的收入。

高田距离下伦不过3公里。怎样像下伦一样通过清洁治理实现产业升级呢？"村规民约"，覃启随脑海里跳出这四个字。要通过村规民约，切实调动起群众的积极性，把"美丽"工作变成村民们自觉自愿的行动。

2018年重阳节后的一个晚上，覃启随第一次回到村里召开群众大会。

他还记得开会的场景：偌大的球场上，东一群人，西一片人，零零散散，大家议论纷纷。村民们以一种看热闹的心态来开会。

覃启随有些生气。这不是建设自己家园应有的模样和状态。他建议村民们先回自己的家里拿板凳，然后重新坐在一起听他讲政策，讲措施，讲未来。如果大家不同意，那就散会。

村民们还是很给面子，零零散散的人终于坐在一起。这是许多年没有过的情景了。

首先，他给村民们提了一个会风要求，就是在他讲话的时候，场下的群众不能交头接耳，胡乱发表意见，要认真听完。要不然，他也不想讲了。

奇怪的是，村民们不知道是被美丽乡村建设吸引了，还是想听一听覃启随究竟想讲什么，看看这个家伙有什么料，反正他们被这个个子不高但讲话条理分明的小伙子吸引了。他们安静地听完了覃启随的讲话。

参会的村委干部惊叹，第一次在村屯看到如此安静的会场。

会风，就是村风，就是民风。覃启随表示，整顿会风，才能统一好思想，才有可能推进美丽乡村建设。

村民们被他的话语打动。覃启随主要讲了两个方面的内容：一是阻碍村庄美丽建设的就要清除。如何清除呢？可以采用"三清三拆"的办法；二是乡村建设工作做得好不好，谁说了都不算，判断标准主要是是否符合村庄发展和规划，是否有利于群众，是否符合大多数人的利益。

覃启随建了一个微信群，把能做事肯奉献的人、热心集体事务的人拉进群里。

"我们成立村民理事会，讨论研究村里重大事项，拟定草案后再提交村民大会讨论通过。这样才能提高办事效率。"

覃启随有一颗法治的心。在调处战线摸爬滚打多年，他深知群众工作的难度。通过会议来统一村民思想认识，这是法宝。

"至少在村里开会接近千场次了吧。"

"有时，一天就要召开几个会议了。"

覃启随说，仅仅是村民理事会骨干会议，至少有上百次。全体村民的会议，至少20次。临时的会议，那就算不清楚了。

村民小组长覃炳雷说："通过会议，我们在交流中统一了思想。刚开始，就怕村民不配合。但是有覃启随和村民理事会的支持，我们坚持下来了。"

骨干会、党员会、村民大会，轮番上阵，有问题就通过会议来讨论决定。

覃启随和"美丽姐"不断深入村里，村民理事会引导群众一次次地思考：

"这是谁的家园？"

"我们将要建设一个怎样的村庄？"

"我们怎样才能建成自己想要的村庄？"

"我们的优势和劣势分别是什么？"

"现在我们可以做什么？"

在会议上经过一次又一次的"碰撞",村民们的意识水平提高了,审美水平也提高了。

修订村规民约,唤醒内生动力,化心于行,这是高田人的智慧结晶。

"就连晒衣服我们也有规定咧,要讲究美观。"

群众需要一个主心骨,需要党员干部和村民理事会的引领。只要做通了群众的思想工作,他们就会坚定地跟着走。

为改变村里落后的面貌,覃启随豁出去了,上班之余和双休日都泡在了村里,开会协调,讨论决定,共同劳动。

他下班就往村里跑,这一跑就跑了两三年。在他的带领下,村民乐于配合,家家参与,各抒己见,最终制定出操作性很强的高田版村规民约,形成了"美丽村屯自己建,常态美丽不逆转"的氛围。

在覃启随的建议下,村民们还自我加压,决定以高田村民小组的名义向柳江区"美丽办"递交"打造美丽高田建设"申请书,表明他们的信心和决心。

这封申请书让村民们无路可退,表了决心,就要做出一番样子,要不然,哪个村的人还看得起?

2018年高田被纳入了"乡约·藕遇"田园综合体片区,但由于建设规划和项目资金等原因,几年来都没有获得资金支持。面对这种情况,村民们决定不等不靠,自力更生。

2018年深秋,在外的年轻人也回到村里参与建设:村里堆积多年的垃圾,村路两边的杂草杂物,全部清理一空;各家的庭院也都进行了清理,物件摆设整齐;养殖的鸡鸭,全部关到自家的庭院里,不再随意放养。

2018年底,高田籍在外工作创业人员和村里的骨干,联合成立了理事会。

村民理事会把全屯分成三个片区，成立三个小组，每个小组7个带头人，每个小组负责一个片区的风貌提升行动。三个小组轮流组织，每天20个左右的劳动力，整治村里的公共场所。各家各户负责自己房前屋后的杂物清理。村民理事会定期督查考评。经过一段时间的运行和修改完善，大家从实践中感受到了"我的事情我做主，我的村庄我建设，我的家园我爱护"的获得感和幸福感。

秋冬季是高田的农忙时节，秋藕上市，茨菇收种，甘蔗也要收割。全村人克服了重重困难，在村民理事会的带领下，有条不紊地开展美丽乡村建设工作。

2019年春节前一天，天气很冷，吹气见雾，但就在这一天，全村人还是集中在一起，又搞了一次大扫除。有人出钱，有人出力，有人出车，各尽所能。这让覃启随非常感动。天寒地冻，村民们用冻红的双手一铲一铲地清除沟渠里的淤泥，一车一车拉走，没有人抱怨和偷懒。他们还在村路两旁插上红旗，向自己、向塘边，表达了自己渴望改变的信心和决心。

看着村庄一天一个样，大家越干越有劲。村民白天干农活，晚上打着手电筒清理沟渠，不做好不罢休。

凭借大家的努力，不到一个月的时间，经过一番彻底清洁，村屯面貌一新。村民的精神也十分振奋。他们感叹原来农村也可以这样干净。

村庄在改变，村民也在改变。

我们做的美丽工作，不是为谁，而是为了自己，为了村庄的明天和更好的未来。

村民逐渐统一思想，邻里和谐，村庄自然美了起来。村民充分利用各种废弃的农耕用具、断瓦、残石及日常家居生活器具，对村屯进行装扮。原来杂乱的器具变成了装饰品，那些闲置的盆盆罐罐变成了花盆，那些堆满杂物的小地块变成了"微菜园"和"微花园"。做工不分你我，装扮也不分你我。

2019年的高田，家家户户房前屋后干净整洁，生活生产用具摆放有序，村中巷道整齐通畅。村里老人安享晚年，孩童怡然自得，青壮年忙碌自足。高田人，在没有专业规划设计和政府投入的情况下，不怨不躁，靠着一双双勤劳的手自力更生，打造出美丽乡村。

柳江区和百朋镇领导看到高田的改变，感到惊讶和感动。覃启随趁机到"美丽办"汇报高田变化，希望区镇能有一些"以奖代补"的奖励，给村民一个鼓励。一点激励就会激发出更多的活力，让村民看到原来政府一直关注着他们的建设。于是，20盏太阳能路灯被奖励给了高田。

"我们村也有路灯了，晚上不再黑麻麻。"高田人相互奔告，"政府给我们送来了20盏太阳能路灯，这下可好了。"

妇女们说："我们可以跳广场舞了！"

这太阳能路灯，不仅照亮了村里的路，更照亮了村民的心。


针对高田的实际，覃启随提出了一个理念，即"少花钱，多办事，我手美我村，我手建我村"的模式。

这后来也成了高田最重要的美丽乡村建设理念。

高田有92户635人，年轻人大都外出务工经商，中老年人在家务农。高田无山无水，很难吸引游客，除了地势平坦之外，几乎没有什么优势。这就需要精打细算，节约每一分钱，让每一分钱都花得值，才能让更多村民信服。

每一分开支，覃启随都会让人记录在册，列支清楚。

高田版的村规民约是覃启随和村民们共同讨论、协商的结晶，包括了鸡鸭饲养、孩童教育、赡养老人、污水处置、红白喜事操办等各个方面的内容。这些内容既体现出了节约精神，体现出了契约精神，也体现出了与时俱进的意识。

这版的村规民约，可谓开了柳江村规民约的先河，详细而人性化，操作性极强，得到了村民一致认可，成为村庄管理指南。

"门前三包"是高田版村规民约的重要内容。"三包"指的是包卫生、包绿化、包秩序。村民小组与全屯92户村民签订了"门前三包"环保契约，做到有"约"可依。

对于村里的会议，覃启随要求每次都要有人记录会议情况。对于村民集体通过的决议，要一一记录清楚，便于查询。比如说，对于出工出力、无偿让地、拆除危旧老房或杂物用房等事项，村民们要尽力支持；拆除村民的杂物房、住房，需要给予补偿，补偿的金额由集体讨论决定，由村里的自筹基金支出；征用土地要公平公正，多征土地要给予合理赔偿；个人不能以任何名义向施工单位索要补偿补助。

笔者听后有一些不解：如果有一些人拒绝执行怎么办？有没有这样的人？

覃启随表示，这是他们早就预料到的情况，因此在召开村民大会讨论通过后，每家每户都要签字画押，印上红彤彤的拇指印。有一些人事后反悔了，不想执行，就可以拿出来，白纸黑字，不执行全村人都会看不起，他们也难以在村子里立足。

有字为据，用制度说话，很多村民愿意去执行。以字为据，培养了村民们的契约精神。当然，在执行过程中，很多问题还是需要村民理事会和覃启随他们具体处理。

村民们筹集的资金不少，至少有二十万元。自筹资金搞建设，村民们对建材十分珍惜，注意节约，达到了少花钱多办事的效果。这是"少花钱，多办事，我手美我村，我手建我村"的高田模式的基础之一。

在不断的实践中，高田迅速实现美丽蜕变，村规民约不仅仅是写在纸上挂在墙上，而是实实在在变成了自觉行动。

当然，改变一个落后的村庄并非易事。高田在建设中也遇到过特别困难的问题。

在建设环村大道时，大多数村民都按照要求拆除了影响施工的杂物房，但有两户村民拒绝配合，当施工进行到他们家住房附近时，他们就出来阻拦，导致施工停滞不前。

强行拆除是不行的。任何行为都要符合法律法规。村民理事会找到了两个户主在外创业的孩子，也让其他村民骨干一起做他们的思想工作。

一开始，双方陷入僵持。村里还成立了"兄弟会"，每个家庭挑选出几个能做主的代表组成"兄弟会"，处理村中事务。"兄弟会"表示：谁阻碍了高田的发展，谁阻碍了高田的未来，就让谁搬出高田；谁阻碍了高田的发展，将来就不能入股村里的集体经济。

甚至一些年轻的村民理事向这两户村民下了"最后通牒"："给你们20万，你们搬出高田村。"

考虑到实际情况，村民理事会反复研究，决定给予这两户一定的经济补偿，让他们为村道让路，一分钱也不用政府或项目方出。这给其他村屯开展类似的项目提供了经验。村民理事会依据法律法规处理村内事务，为村庄的整体发展奠定了良好的基础。

覃启随的乡村发展理念非常先进。他提出，每家农户因乡村建设被征用的土地，村民理事会都要详尽记录。成立村民合作社后，把被拆除房屋、征用土地的面积，将作为合作社发展集体经济的股份，按照比例占有股权。这一想法，得到了村民一致认可。因此，在环村道路、污水处理等项目中，虽然也遇到了一些阻力，但最终都得到了解决。

"启随，我不想干了，我们主动扫地，反而被村里人嘲笑。"

"启随，我想辞职了，村民理事这个活儿太难干。修这条路，村里一些人认为我们得了好处，相反的，我们吃亏多了，家里的生产也顾不上。"

"启随，我负责这一片，矛盾太多了，做得太慢了。"

……

在高田建设刚刚开始的时候，一些村民理事会成员因为工作难度大打起了退堂鼓。

覃启随听得耳朵快要起茧了。

他回村越来越频繁了。他知道，这时候一定要挺住，无论怎样难都要挺住。

他召集了十多个村民骨干，开了几次"民主生活会"，把批评与自我批评移到了村民理事会中。他要求村民骨干代表首先要自我批评，讲自己的不足和缺点，摆出来给大伙儿看，让大家一起想办法。开展工作不要怕得罪人，在批评中不断提升自我认知，脸红出汗，提升思想认识，挣脱思想束缚。

对事不对人，这是原则。这一招，收到了奇效。在工作中会议上，许多骨干得到了锻炼。

"我把批评与自我批评引入村民理事会，可能是柳江首创。在会上，每个人都要发言，我首先做自我批评。在自我批评中，我们统一了思想，坚定了信心和决心，大家的思想认识得到了不同程度的提高。这对后来项目的引进起到了非常明显的作用。"

在环境整治过程中，村庄风貌不断提升，但高田人总觉得还缺点什么。村民骨干、乡贤们又聚在一起讨论，认为高田不仅要洁美，还要富美，不仅要形美，更要质美，要有"形实魂"。于是他们提出了村庄塑魂提质的计划。

这一计划的第一步是建立村史馆，村民覃秋云愿意租借自家的祖屋，这解决了村史馆的用房问题。村史馆中每一件物品都进行了登记，设定编号，精心制作了小挂牌，标注好物件的名称、用途和捐献人姓名。经过认真收集整理，馆中藏品达200多件，藏品都是村民捐献的，藏品有农具、家具、玩具、古董、生活用品等。这些老物件留住了高田的乡愁和村史，展示了壮族的农耕文化。

一个村屯建设自己的村史馆，这在柳江并不多见。高田素来崇尚晴耕雨读，在外求学的优秀学子20多人。村史馆留住了祖先艰苦创业的印记；可以传承良好家风，教育子孙后代慎终追远，不忘初心。

对于新生事物，覃启随提出了要认真反思。在反思中，才能统一思想和步伐。乡村建设需要组织建设和人才输入。为此，覃启随自费带领村里骨干到成团、三都、里高和融安等村屯去考察学习，交流经验。他提出了反思精神：别人为什么做得比我们好？我们应该如何做？在考察中，村民们吸纳了先进的经验，也发现一些村屯因为思想不统一导致项目被取消的问题，"非常遗憾""非常可惜""与时俱进"等词语经常在村民们口中出现。他们的思想意识得到了进一步提升。

高田模式影响了塘边屯。塘边和高田几乎同时开展村庄建设，很多农户的土地被征用，有的农户被征用一两分土地，有的农户被征用的土地达到八分。这些土地原来都是被无偿征用的。对于中国农民而言，土地的珍贵毋庸讳言。为了保证项目顺利推进，在村民理事会的努力下，涉及的农户做出了牺牲。

塘边与高田两个屯，同宗同源，曾经属于同一个村。在美丽乡村建设中，两地的联系更加紧密。在筹集保洁经费、聘请保洁员等方面，两个村一直携手同步进行。乡贤覃鹏与覃启随共进退。遇到难题时，他随时找覃启随商量。

高田和塘边两地村民的积极进取精神受到了上级党委和政府的赞赏。2019年，"美丽柳江·幸福乡村"综合示范村项目落户两地，该项目共投入经费2000多万元，对环村道路、污水处理、路灯设置、园林景观、观光长廊、风雨廊、外立面改造、文化活动室、公共卫生间、村史馆改造等工程进行扶持，这为高田、塘边成为"最美村庄"奠定了坚实的基础。

两个屯共同修建了8米宽的环村路，这是当时柳江最宽畅的村道。掩映在荷塘边莲花造型的高田公共卫生间，宽敞而充满现代气息。

高田和塘边，原来都是没有太多资源的村屯，却能争取到2000多万的大项目，实现乡村建设的跨越式发展，这主要源于两地村民的主动、自觉。这种自力更生的奋斗精神具有相当强的示范性受到褒奖，其他村屯建设的积极性被点燃了。

竹达、莲花等地开始按照高田模式大步前进。

一个村庄的建设，需要一个带头人。这个带头人至关重要，他要公正公平，乐于奉献，这样才会具有带动作用。但覃启随在总结高田模式时认为：真正的英雄是群众。只要真心诚意地从群众的利益出发，调动起群众的积极性和主动性，群众就能创造一个又一个奇迹。

# 全村人的阿姑

"往左······往右······"

小韦妹指挥着韦石英开车。

2018年3月的一天夜里，12点多，大雾弥漫，细雨如烟。这是条韦石英走了不下百趟的村路，但此时开着自己车的她却感觉车已经不是她的车了，这条模模糊糊的路好像也不是平时的路。

刚刚从竹达屯出来的时候，韦石英就感觉到有些发晕。她累了，她在竹达屯里已经一整天。她跟着一辆电动车，慢慢地向前开，可是没几分钟，电动车突然消失了。路也不见了。

她心里一惊，怎么回事？赶忙对着小韦说："快快，你指挥我，人工导航一下，指挥我走。"

在小韦的指挥下，韦石英慢慢地开到了大路上。原来闭着眼也能开出的村路，怎么会变成这样子了？

她们两个女将，刚刚在村主任家与村里骨干一起开会，讨论的主题是明天村里的环境卫生整治。

这样的工作状态已经好几年了。她们经常这样半夜才回家。

"你这样做，值得吗？"

"你这样做，有必要吗？"

"经常半夜三更才从村里回来，你不害怕吗？"

经常有朋友这样问她。

韦石英说，不怕！自从投身清洁乡村的工作以来，她们坚信通过自己的努力，可以改变群众的卫生意识和村庄的面貌。她们希望一个村带动一个村，让美丽乡村工作改变全区。

成团镇竹达屯位于柳江区西南部，距离主城区9公里，距高速公路出口仅6公里。古时该屯建在一片长满竹林的坡地上，竹子一层层，形似宝塔，故名竹塔，后因壮语方言改为竹达。该屯现有124户居民，共476人，均为壮族；耕地面积550亩，主要以种植优质稻、蔬菜为主，是柳州重要的优质稻米生产基地和商品粮基地。该屯的历史长达200多年，具有浓郁的农耕文化气息。

改革开放之后的竹达屯，新房逐渐增多，但曾经美丽的老旧泥房年久失修，逐渐垮塌，周围疯长的野草比人还高。

韦石英向笔者描述当时竹达屯的情形时，感慨地说："你不知道，那时这些老房子就在那里，就在那些草丛中，没有人愿意进去。"

"我第一次走进去的时候，背后一片凉飕飕。吓人啊。"

"许多年没有人进去了，茅草比我还高。"

时任屯长的韦文隋，提起韦石英时，竖起大拇指。他对笔者说："韦石英是整个竹达屯的阿姑，她就是竹达的荣誉村民。从老到少，没有人不认识她。我们敬佩她们这一帮人，她们是能在村里扎扎实实做工作的女将。"

韦石英被竹达屯的破落景象刺痛。在与村民骨干交流后，她向"美丽办"的领导表示要改变竹达的面貌。

突破口在哪里呢？

韦石英苦思冥想。在与韦文隋、韦文迪、韦浪俊、何正华等村里的骨干分子反复商讨后，他们为竹达的建设制定了一份整体的方案：首先是让村民们认识到美丽乡村建设的重要性，积极主动地参与建设；然后对老房子进行集中治理，提升村庄整洁度、美化度；进而围绕村庄建设一条道路，拓展村庄发展空间。

韦石英的祖上是这个村的。虽然搬离村庄已经两代人，但按照村里的辈分，好多后辈都得叫她一声"阿姑"。

她一家一家拜访，与村民拉家常，增进感情。她不着急谈工作，与村民建立起有效地沟通渠道是她最重要的目标。

村里有人问她："阿姑，你在县里是做什么的？"

"你们有项目吗？"

"收入高吗？"

村民们简单质朴，问得十分直接。

韦石英则有问必答。

等到村民问起她回村的目的时，她就开始介绍美丽乡村建设工作。村民们看她一天到晚进村入户，来跟他们宣传美丽乡村建设的好处，就问她："我们建设美丽乡村，你能得到什么好处？"

韦石英说："这是我的工作，就连开车进村，我都要自己加油呢。"

笔者十分不解：一个屯里只有几百人，召集他们开一下会，与重点人物进行一下深入沟通，应该花不了太多时间，为什么韦石英等工作人员要待上几个星期，经常忙到深夜才能回家呢？

韦石英说："你不知道，开始的时候，群众的思想工作有多难做。"

经过一个多月的深入调研，韦石英对于竹达的整体状况有了大致的把握：一些人口头上支持美丽乡村建设工作，但在实际行动上并不参与；一些人对此漠不关心，不支持也不反对。一旦触犯他们的利益，或者需要他们出工出力，他们就会反对建设工作。

改变一个人的想法，是非常困难的。改变村民们的惯性思维，更是难上加难。

但韦石英坚信精诚所至，金石为开。

村里的带头人韦文隋会说会做，有威望。他自己创办企业，主要经营有机肥料。

韦石英紧紧抓住村里的这个带头人，经常与他沟通，讲述各级政府对美丽乡村建设工作的重视，讲述美丽乡村会给村民们带来的各种好处。

百朋的高田和塘边距离竹达不过10公里，村庄规模和人口数量与竹达也十分接近，但这两个村屯是全市的美丽乡村示范村屯，发展迅速。与它们相比，竹达太落后了。韦石英经常用这两个村屯的成功经验鼓励村民。

她告诉村民：塘边仅仅用了8天时间就清理了所有的陈旧垃圾，他们还上了"围观柳州"新闻媒体栏目。

村民们将信将疑。

她与时任乡村办副主任韦美能一起组织村里骨干到高田、塘边去参观，去实地感受美丽乡村的魅力。竹达人看到了整洁的村庄、新建的道路和前来参观的游客。他们被深深地震撼了。

回来之后，骨干们立即召集全村人一起开会，提出了自己的奋斗口号，"高田能做的，竹达一样能做！"

全村人已经很久没有这样激动了。那天晚上，韦石英激动地与竹达人一起讨论村庄未来的面貌。

"这是双面舞台，这是球场，这是壮族风情展示馆，这是星空小屋，这是河边步道……"

他们制定了建设规划，规划获得了村民们的一致通过。

韦石英兴奋得彻夜未眠。但她知道，这是竹达迈出的第一步。许多艰苦的工作，还在后面。

"阿姑，过来看一下，我们这样挖水沟对不对？过阿杰家门口，他不情愿咧……"

"阿姑，村里的路要这样拓宽才好走。但这几家祖屋，怎么样拆除？"

村民们被动员起来，每家每户都要出人出力，人数最多的时候，100多人同时干活。

韦石英的干劲更足了。白天，她一早就到村里，和村民们一起修路，清水沟，除茅草。晚上，走访村民，就存在的问题与他们进行沟通。

这一干，就是两个多月。

他们砍倒了河边的芭芒草和村里的荒草野草；他们用碎石铺设一条200多米长的沿河步道。村里空间一下子变大了，村容改变了许多。村民感受到了变化，喜上眉梢。

听说竹达人提出要赶超高田的口号后，高田人在2019年3月1日组织队伍过来交流学习。他们不仅带来了高田经验，而且还带来了实实在在的两头猪，与竹达人庆祝一番，共商美丽家园建设。

那天晚上，很多人都醉了。

从那天起，两个村结成对子，互相帮助，同时也在相互较劲。

竹达集中清扫路面、整理杂草1000多平方米，清理沟渠300多米，清除各类垃圾5吨多，村里卫生环境大为改观。

当竹达如火如荼地开展环境卫生整治时，柳江各部门也在积极为竹达申请自治区级示范项目。至2018年底，竹达申请到了道路建设、太阳能路灯、双面舞台、篮球场、图书浏览室、文化活动室、临水休闲小广场、滨水步道、污水处理等一系列项目，获得财政资金投入超过了600万元。2021年，竹达文化活动室建成。这个1200平方米的活动室，可以用于餐饮、住宿和培训，为发展旅游业打下了基础。

经过韦石英等人的联络，许多部门在竹达建立了基地：柳江区委统战部建立了统一战线工作站，区文联建立了文艺创作基地，文化馆设立了展示基地，柳州市乡土研究会挂牌二都女研究基地。这些基地为竹达注入了浓厚的文化气息。

一条清澈的溪水穿村而过，长年累月滋养着村民。村民们可以在村头的上游洗菜，中游洗衣，下游取水灌溉。村后也有一条小河，四季长流，水质清澈。望江亭已建好，远眺四周，风景尽在眼底，令人心旷神怡。沿河步道，是村民用一块一块石头铺设出来的，石头是自己打的，人工是自己出的，汗水浇出了美丽之花。在精心规划的步行栈道上沿河而行，人们可以看到果园、菜地，竹达的美景徐徐呈现。

当然，在竹达的建设过程中，也存在着一些值得深入思考和探索的问题。例如，怎样处理老房子。一方面，这些老房子年久失修，面临着倒塌的风险，不仅不美观，还存在着安全隐患。另一方面，这些老房子又是历史的遗迹，很多房屋富有韵味，展示出独特的壮族风情，发展旅游业，这些老房子是不可多得的文化资源。

破解这道难题的办法是修缮。在这方面，一些经济发达的地区已经探索出了成功的经验。例如，在浙江东梓关村，村民们对清朝留下的老宅子进行了修缮，打造老宅经济，吸引了八方的游客。

但修缮老房子需要大量的资金，像竹达这样经济落后的乡村显然无法拿出这么多钱来。

他们只能拆除。在2020年的"三清三拆"中，竹达的很多老房子就被拆除了。

对此，韦石英深感遗憾。老房子没有保住，但通过文化振兴乡村的探索没有停步。

2021年6月中旬，韦石英组织了一帮美术专业的志愿者到竹达画壁画，壁画中带有大量的壮族元素和地方风情。

很多志愿者是利用休息时间来竹达帮忙的，在他们作画的时候，村民们有的举着灯，有的打着手电筒，还有人为他们摇扇子。

文化振兴乡村，韦石英有着一整套想法。她认为：竹达需要培育新的产业，可以走农业与旅游产业、文化产业相结合的发展道路。农业需要现代化重塑，发展体验式农业，走与市场紧密结合的可持续发展道路。

旅游业的振兴需要充分利用地方特色，加大风貌改造，展示壮族风情。例如，建设壮族的风情屋，组织村民排练具有壮族风情的《牛车接亲》等节目，建造具有壮族特色的泥房来作为民宿等。

旅游业的振兴也离不开餐饮业的发展，充分利用竹达作为城郊型乡村的特点，充分挖掘壮族饮食文化，加大对窑鸡、窑鸭、窑猪等具有壮族风味的美味佳肴的宣传力度，吸引城里人前来游玩消费。

韦石英是一位普通的"美丽姐"。她也是一位胸怀全局的建设规划师。同时，她也是一位坚强的基层干部。在一次清洁卫生检查工作中，她不慎滑倒，脚趾摔折了，但她忍痛完成了全部检查工作。

# 竹达经验

"今天你把大家的事当成自己的事，明天你自己的事就成为大家的事"。

这是竹达人写在墙上的一句口号，激励村民为集体事业奉献。这是团结的口号，力量强大，潜力无穷。

竹达的华丽转身，不是一个人在战斗，而是一群有着共同志向的人在战斗。在这场热火朝天的美丽乡村建设中，老党员、原村委党支部书记韦美田、屯长韦文隋和村民理事会等一班人，带领着村民步步向前。

竹达经验第一条：改革的第一要素是"人"。

2018年下半年以来，在竹达屯的美丽乡村建设中，党员先锋队、乡村风貌提升行动队、青年突击队和妇女小分队，树起了四面旗帜。党员做示范，青年当先锋，妇女树标杆，乡贤站排头，走出了一条可借鉴、可复制、可推广的美丽乡村发展道路。

竹达屯有8名党员，韦美田是其中之一。他是同乐村原党支部书记，当时虽然已经82岁了，但干活起来丝毫不逊色于年轻人。

"佬党（对村党支部书记的一种称呼），回去休息一下了，明天再做。"村民们都在劝韦美田。

"我不累，我要和大家一样。"韦美田憨厚地笑了笑，继续干活。

村民们说，佬党参加劳动总是一马当先，如果有事缺席了，他一定会补上。

曾经有多少竹达人参加过这场声势浩大的劳动呢？

韦文隋说，"阿姑与我们一起做工到天黑。佬党也是每天出工出力，坚持到最后。"

"两个月来，佬党是我们的标杆。看到他在，心里定。"

"他是我们年轻人的模范，老人家都这么积极，我们还有什么理由往后退，拖后腿？"何正华坚定地说。

韦美田承担了村里所有标识牌、标语的书写工作，他还带领一帮老伙计砌围栏，砌河堤，复原了村落的古朴风味。

有一次，韦美田的手被砖块压伤了，鲜血直流。他擦一擦，继续干活。旁边的村民劝他包扎一下，休息一下，他笑着拒绝了。在他的带领下，经过40多天的努力，一条水道以美丽的弧线呈现在村民面前。这条水道旁边还种上了太阳花、对对红、月季等花和绿植，点缀着美丽的村庄。

韦美田的孙女在村里玩耍，偶遇记者，被问起名字，她直呼"韦美田是我爷爷"，脸上满是骄傲和自豪。

"以前的河堤，哪里看得啊。我们经常洗衣服，也没有一块整齐的石板给我们用。"一帮在河边洗衣服的妇女叽叽喳喳对笔者说,"现在好了,河堤整好了,洗衣服方便多了。"

那段时期,所有人都自愿出工出力,义务劳动。饿了,就自己回家吃一点,吃完了继续干活。每个人都有自己分工负责的区域。

"我多年没有看到这种精神面貌的村民了,"韦美田动情地说,"我要和他们一起把美丽竹达打造出来,我要对得起自己的党员身份。"

"搞好卫生,我们的生活环境更加整洁,人也更健康了,"村民韦树愿这样说道,"哪里还讲什么钱了,你看佬党,干活根本顾不上休息。"

"当大伙不讲钱的时候,人心更齐了,干劲更足了。"

韦文隋还说:"这一场清洁乡村工作,改变了我的心态,更改变了竹达人的面貌。有党员带头,两个月就改变了我们村的落后状况,这是一个奇迹。"

"那些日子,我们过得很充实。看事情,做工作,都会调整好自己的心态。"

村里像韦文隋这样的乡贤不在少数。他们在外打拼,每天一睁眼,就想着企业的事情,日子过得焦虑又无奈。

他们很少有时间想村庄的发展,更没有管过村里的脏乱差。在2019年这场美丽乡村建设中,他成长了,还带领了一帮青年人一起成长。

"做一件事情,得看是不是有利于全局,是否有利于全村。做人,不要太过于狭隘。"

各级干部、村里党员、乡贤骨干主动做最脏最累的活,承担最难的工作,往往钱捐得也是最多的。老党员韦美田、阿姑韦石英、乡贤韦文隋等人的默默付出,深深地触动了村民。

于是，村民让路让房，出工出力。人心齐，泰山移。众人拾柴火焰高。

"那时，不回村里干活，会受到鄙视，觉得丢人。"

韦石英不无感慨地对笔者说，在"党员+、乡贤+"模式的加持下，柳江的乡村建设掀起了新高潮，走出了一条示范引领的路子。在美丽乡村建设"大比拼"的热潮中，大家集思广益，比学赶超，形成了"你学，我学，一起学；你比，我比，大家比；你美，我美，大家美"的火热模式。

她说，很多村自从开展美丽乡村建设，全村男女老少义务投工投劳，经常做工到晚上十点。她被村民的质朴深深打动。

"高田模式"之后涌现出了"竹达经验"。竹达的村民们用自己勤劳的双手建设美丽家园，摸索出一条适合自身发展的路子。

把人的要素摆在了首要的位置，激发他们建设自己家园的美好愿望，这种愿望不是为了争取政府的补助，而是单纯的对美好生活环境的向往，这是"竹达经验"中的关键。

在建设过程中，竹达树立起了四面旗帜，整合力量建立了四支队伍：党员行动队、青年先锋队、妇女小分队和乡贤站排头。

在韦美田的带领下，8名党员组成党员行动队，事事想在前面，走在前面，党员做示范，具有直接的带动作用，村民参与的积极性和主动性就起来了。

青年当先锋，充分发挥主力军作用。村民小组长、理事长组织年轻人，处理垃圾，清理杂草，清理河道沟渠。他们利用春节前后的休息时间，对乱搭乱盖、乱堆乱放现象进行集中整顿。年轻人开钩机，搬石块，挖大坑，栽大树，铺设滨水步道，重启渔人码头，打造了柳江第一个由村民创建的屯级小公园——五色花广场，村庄的面貌焕然一新。由于在时间和精力上难以兼顾，理事长甚至暂停了小卖部的生意，专心致志带领村民搞建设。

妇女树标杆，撑起半边天。在创建美丽乡村的过程中，妇女积极行动，成立了小分队。她们不仅打扫路面，淋水浇花，还参与铺设路面、清理淤泥等重体力劳动。竹达的妇女通常在早晨洗衣服，但为了不耽误白天的建设活动，很多妇女将洗衣服的时间改到了晚上。甚至一些外嫁媳妇也回到村里参加劳动。

乡贤站排头，充分发挥引领和推动作用。一些走出乡村发展较好的竹达人通过带资回乡、牵线引资等形式反哺故土，他们还出资在屯里举办篮球赛、摸鱼比赛、五谷丰登节等集体活动，以此凝聚民心。例如，韦文隋出资为村里建设了阅览室，免费出动钩机、货车，无偿提供沙子、石头。在建设活动与个人利益发生冲突的时候，很多人能够主动做出牺牲，顾全大局。在他们的推动下，村民纷纷从家里搬出各种老物件、老古董，创立了一间乡愁村史馆。一些村民尽其所能，无偿把花卉苗木贡献出来，无偿把旧轮胎、奇石运送回来，打造成星空小屋、古榕憩园等一个又一个小景点。通过绿化、美化、花化、果化，让村里处处是景点，步步见美丽。2019年，竹达被评为全国百佳旅游目的地，成为网红打卡地。

竹达经验的第二条是机构完善，责任到位。

在美丽乡村建设之初，竹达屯首先建立了"指挥部"。通过层层推选，竹达成立了村民理事会。理事会的成员包括德高望重的老人、村干部、党员、乡贤和积极分子等。理事会负责统筹协调村里一切大小事务。只要理事长或小组长提议，或者过半理事会成员提议，理事会成员会议就会召开。这使得理事会能够快速、及时地发挥组织协调作用，将村民拧成一股绳，推动村屯事务顺利开展。

竹达屯实行卫生责任划分，将责任落实到人。划分卫生责任区域，既是落实管护责任，又是行使监督义务，使村民养成不随地乱丢垃圾的良好习惯。

在创建美丽乡村的过程中，竹达屯把全村的公共场所分为11个区域，按照就近原则由附近若干村民组成11个保洁小组，负责各区域的环境卫生保洁。每个小组至少有1名理事会成员牵头，负责组织、引导和督促保洁工作。同时，保洁卫生监督常态化，对一些爱护环境的行为，村民们会摄录小视频上传村微信群予以表扬，进一步增强了群众爱家护家的集体荣誉感。对于乱丢烟头纸屑的行为，则以群众能够接受的方式进行批评和教育。

竹达经验的第三条是制度健全，执行到位。

国有国法，家有家规。在创建美丽乡村活动中，竹达村民理事会逐渐意识到，仅凭着一股热情，还不足以持续地推进美丽乡村建设。为了更好地激励先进村民，引导和带动一些落后村民，村民理事会决定制定一套符合本村实际的村规民约。理事会从村里最急需解决的事情入手，在环境卫生、红白喜事、村风民风等方面拟定了十条村规民约。后来，理事会又召开会议，对村规民约进行了修改，形成了"竹达十条"。最后，竹达召开了村民大会，通过了"竹达十条"，并把"竹达十条"写在墙壁上，严格执行。在"竹达十条"落实后，村民的卫生意识提高了，民风改善了，凝聚力更强了，参与美丽乡村建设的积极性更高了。

为形成美丽乡村建设的持续性和自觉性，村民理事会把每个月的第三个周末定为"美丽竹达共创日"，号召全村在外的青年回到村里，有集体活动时参加集体活动，没有集体活动时则做好自家房前屋后的卫生工作。为鼓励村民重视教育，发扬亦耕亦读的优良传统，理事会决定从2019年起，对村里每年考上大学的新生给予1000~5000元不等的助学奖励。自从开展乡村建设以来，每年都有孩子考上大学，至2021年已有10个孩子考上了大学。村民理事会还组织奖学金发放仪式，为莘莘学子记录下人生重要的时刻，激发了孩子们向上向好的内生动力。

村民们都说，开展了美丽乡村建设后，大人给孩子树立了勤奋向上、热爱生活的榜样，村里的孩子积极阳光了，学习更认真了。

村民们逐渐意识到，人心美丽，才是真的美丽。

建设美丽乡村的终极目标，就是把人心聚起来，把好的村风家训传给子孙后代。通过开展一系列活动，聚集人气，鼓舞志气，不断掀起竹达建设新的高潮，不断发扬"勤劳智慧、团结向上"的竹达精神。

在第109个"三八"妇女节来临之际，为表彰妇女在创建美丽竹达过程中的突出贡献，村民理事会举办了一场声势浩大的最美媳妇走红毯活动，吸引了众多外嫁女参与。当100多位最美媳妇逐一走上红毯时，全场沸腾起来，音乐声、欢呼声和掌声汇集成最好的祝福。妇女们感受到了真切的尊重，她们大部分人是第一次在大众舞台上展示自己。生活需要仪式感。这些平常劳作在田间、灶台的农村妇女，第一次体会到了"仪式感"。

现在，精彩纷呈的文化活动已成为竹达屯村民必不可少的精神食粮。在"最美媳妇"的带动下，村里唱歌跳舞的多了，玩牌、搓麻将的少了；互帮互助的多了，打架斗殴的少了；讲道理的多了，无理取闹的少了。乡村一派和谐向上的景象。

2019年5月17日，村里举行了舞狮、彩调歌舞、垃圾分类比拼等活动，村民与游客互动，打糍粑、磨豆腐、蒸五色糯米饭等壮族特色浓郁的饮食文化活动，展现出竹达独特的魅力。这一系列活动，让城里人了解了乡村的变化，近距离体验到竹达人的热情好客，打响了竹达的知名度、美誉度。

"人心齐，办大事。"竹达口号振奋人心。

竹达人还善于向先进地区学习，先后到融水、融安、三江等村屯学习当地美丽乡村创建经验。学有榜样，赶有目标，重点在干，说一百句不如做一件事。

竹达大学生是些"00后"的新生代，与老一辈竹达人相比，他们的眼界更加开阔，地球对于他们来说，已经是一个村子了。竹达只是"地球村"里的一个美丽支点。

感恩、回报、乡村振兴、可持续发展、人类命运共同体等词语在竹达已经是耳熟能详了。

# 莲花路径

2021年8月14日，在莲花屯一棵五百余年的红豆树下，孩子们正在紧张有序地排练，为晚上的七夕节红豆诗歌会和乡村音乐节做准备。

中新网的"吾乡七夕围坐红豆树下聊聊壮族山村小康新生活"直播从这里开始。

中国新闻社广西分社新媒体部门主任蒙鸣明说："莲花屯治理体系很有特点，丰富多彩的文化活动对培养村民的向心力和凝聚力具有重要的意义。"

例如，莲花屯的积分超市就十分新颖。超市内进行的不是简单的商品交易行为，而是用积分来购买物品。积分需要村民通过参与集体劳动和其他积极向上的行为来获取，再通过积分去换取物品。这是乡村建设的一个亮点。

成团镇成团村莲花屯的口号是：美丽只是开始，幸福才是终点。

在柳江所有的村屯中，莲花的基础条件非常普通，但它的治理和建设别出心裁，发展道路富有特色，被称为"莲花路径"。

莲花坐落在群山环抱之中，距柳江主城区8公里。全村186户，人口786

人，分4个村民小组，党员24名。村上以壮族韦姓居多，耕地1200亩，山岭果园1000亩，产业主要以水稻、蔬菜和葡萄种植为主。

莲花，这个村庄的名字，引人想象。其实，莲花屯并没有太多的莲花，而是有满山满岭的红豆树。正所谓："红豆生南国，春来发几枝"，千百年来，红豆总是与一些美好的感情紧密相连。

莲花屯内一株超过500年的红豆树，结满红豆，现在已经成为婚纱摄影打卡点，城里人纷纷慕名而来。

村民理事会与花草企业达成协议，让每家每户认领各式花卉苗木，摆放在自家庭院和路边，既可以美化庭院，美化村屯，还可以向游客出售，实现"三赢"，让村民、集体和企业都可从中获益。如此一举多得的创意，不仅打造出一个"花花世界"，也让村民们看到了一个新的产业。

2020年10月，在各级文体部门的关心支持下，广西乡村足球振兴计划（试点）第一家屯级足球场在莲花正式启用。这对于广西足球具有特别重要的意义。

莲花顺势成立了少年足球队。华中师大校友会的韦宇、伍良剑等人和其他教练每周都会过来公益指导孩子们踢球，开展科学系统的训练。

这成为村里一道欢乐的风景线。许多村民会坐在树荫下，一边闲聊，一边看着那些孩子快乐运动。

足球场的建成不仅给村庄带来了快乐，也给竹达人带来了产业发展的契机。

2021年7月17日，30个城里孩子前来参加足球夏令营，他们将在村里开展七天集训。在这七天里，他们不仅会接受专业的足球训练，还会感受"村庄自然教育"。在这个远离城市喧嚣的村庄，他们远离电子产品，享受着阳光和土地的芬芳，与村子里的孩子一起玩耍、学习，感受生命的质朴与纯真。由于远离父母，他们要自己洗衣服，打扫卫生，自理能力得到了培养。短短几天的集训，将深刻影响他们日后的学习和生活。

王强是足球夏令营活动的组织者。他说："村庄自然教育的目的，是让孩子们汲取自然的力量，让他们的心智自然成长。经过村庄生活的锻炼，今后面对困难，他们可能不会那么轻易放弃。在乡村中的生活，能够磨炼他们的品质，增强他们的心理承受能力和环境适应能力。"

王强是莲花屯的荣誉村民。他毕业于华中师范大学。在来莲花之前，他在深圳一家企业做高管，拿着丰厚的报酬。一次偶然的机会，他和校友韦庆功来到了莲花屯，不曾想竟扎下根来。后来，他就带着妻子和两个孩子住在了莲花。他说："在莲花，不仅能发展个人的事业，也能让心更平静。"

与王强同来的，还有另一个华中师范大学的毕业生陈柏安。他善于村庄规划设计，莲花的许多活动，他都参与其中。

这两位毕业于华中师范大学的高材生能够来到莲花，主要是韦庆功的功劳。韦庆功是恢复高考后莲花屯的第一个大学生，他就读的学校就是华中师范大学。在校期间，韦庆功就是社团活动的积极分子。他筹办了学校的爱心公益组织圣兵爱心社，对高中困难学子捐赠资助，"一对一扶持""点对点资助"。后来，他意识到，一个爱心公益组织不能仅仅依靠社会捐赠，于是通过卖报纸、牛奶和方便面等获取资金来支持公益活动。在这一过程中，很多热心公益的同学聚集到一起。王强、陈柏安都曾是圣兵爱心社的骨干。他们的事迹曾经受到中央媒体的报道。

"我是有着浓厚的乡土情结的人。"韦庆功说。

他的第一份工作，就是考取了自治区选调生，并作为重点培养对象，去村里做了驻村工作队队员。当时年少，他想通过自己的力量，去带动一个村，改造一个村，致富一个村，给村庄一个可持续的未来。由于过于理想主义，手中没有资源，对于推动农村发展，他心有余而力不足。

后来，韦庆功外出闯荡，他曾在大型企业从事管理工作，但不管在哪里，不管离故乡多远，他一直牵挂着自己的家乡——莲花。2019年5月，他再次回到村里，投身家乡建设。他认为：农村建设有着良好的发展空间，机会稍纵即逝，时不我待。

他2003年离开莲花，2019年返回，虽然有心理准备，但是家乡的面貌依然让他大吃一惊：十多年过去了，家乡的状况不但没有多大改善，有些方面还变得更差了。村里新建了不少住房，但也有一些破败的老旧危房。村里的垃圾随处可见，平时只有一个保洁员在处理。遇到检查，村委就发动大伙儿搞突击。进村的路狭窄，难以会车。

村里人精神面貌不佳，毫无生气。喝酒的人，还在喝酒；玩牌的人，依旧玩牌；村里人一盘散沙，年轻人向往着外面的城市生活。同村的年轻人彼此很少交流，有的甚至不认识。许多人在成团镇、拉堡镇和柳州市买了房子，村里的人口不断流失。未来五年、十年、五十年后的莲花将会变成什么样？

韦庆功回到家乡的消息不胫而走。

"大学生回来了。"村民们想看看本村的第一个大学生有多大出息了。

韦庆功与屯长找了一帮村民骨干召开座谈会。

"我们村要不要搞美丽乡村建设？"一语如石投进平静的湖面。

村民们一头雾水：我们现在不是正在搞美丽乡村建设吗？我们经常扫地，村里比以前干净多了。我们吃好穿好，这还不是美丽乡村吗？咱村有山有水，风景本来就很美，还要怎么样？

大伙儿知道韦庆功在外面做事，好像是搞企业，但具体做什么不大清楚。对于他为什么返回村里，大家议论纷纷，一些不明就里的村民以为他是回来搞传销的。

在村里工作过的韦庆功知道怎样开展群众工作。眼见为实，群众要触摸到实实在在的东西才会对你心悦诚服。于是，他两次组织村民骨干到竹达等美丽乡村示范村屯参观考察。

这让村民大开眼界：距离不到10公里的村屯，规划竟然做得这么好，村民的组织这么健全，人心这么齐。

村民感到了压力，更有了追赶的目标。别人能做，为什么我们不能做？

2019年5月14日，韦庆功组织村民们开会讨论。

"我们的问题在哪里？"韦庆功把问题抛给了村民们。

"我们到底要走向哪里？"

"看着莲花慢慢消亡吗？"

村民们议论纷纷：没有组织，基础落后；硬件缺失，村里脏乱差，危房多；公共场所没人管理，人心涣散，没有目标，安于现状，得过且过；农产品流通不畅，旅游资源无从下手，无人问津；产品产业脆弱，跟着市场走，波动过大，价格、品质都无法把控；教育与城市比，相差悬殊……

"他们有他们的模式，我们有我们的优势，大家要真正知道什么叫村民自治。

　　"美丽乡村不光只是风景漂亮，还要懂得什么是"三清三拆"，要保留下能够保留的老房子，保留下我们好的习俗文化，这样的村庄才有灵魂，才有历史，才有盼头。

　　"我们要真正划分责任区，责任到人，才能真正守护好环境卫生。

　　"人的精神面貌和精神文明要跟上，懂得团结邻里互敬互爱，待客真诚。

　　"有组织、有制度、有保障的村庄才是真正的美丽乡村，在这样的村庄里，我们才能过上令人向往的乡村生活。

　　"如果用企业的理念来经营村庄，二十年后的莲花，应该是怎么样的？"

　　村民们被韦庆功所描述的村庄愿景深深吸引。

　　说干就干，韦庆功是极具耐心和认真负责的人。他首先罢免了自己父亲的村民小组长职务，把村里如他父亲般德高望重但不熟悉现代管理技能的老一辈从管理一线撤下来，让年轻人顶上。老年人则进入村务监督委员会，监督年轻人干事。

　　2019年5月25日夜晚，莲花的美丽乡村建设动员大会开启；26日，村民理事会成立；28日，全面动员莲花人，开展美丽庭院工作；30日，又一次组织村民召开大会，与以前的会议不同，群众的座位越来越靠近主持人；6月4日，召开圆桌会议；6月6日，村务管理制度和财务管理制度出台。在此之后，村级会议越来越规范化，形成了例会制，财务定期公示。

　　莲花为了做好乡村建设工作，会议开了上百场，通过会议，莲花统一了村民思想，聚拢了人心，确定了发展目标。乡村建设的目标越来越明晰，步伐越来越坚定。

在韦庆功的主导下，莲花引进了"浙江乡村治理模式"，对应华为组织架构，设计出莲花治理结构：华为的股东会对应的是莲花的村民代表大会，董事会对应的是村民理事会，人力资源委员会对应的是村里能人小组和文化建设小组，战略发展委员会对应的是村总顾问和总规划师，等等。

作为莲花总顾问，韦庆功不断督促和培训理事会成员学习管理技能，实行轮值制管理，采取轮席理事长、轮席监事长的"动车组"模式来管理村庄。每任理事长当家两个月。经过不断的学习和磨合，理事会的工作慢慢走上正轨，每周都召开例行会议，共同商讨村里的大小事务，制定各种规章制度，一切井井有条。大家对莲花未来的发展充满信心，每个人都满怀希望，干劲十足。

理事会对村里的能人进行了分工：让懂木工的成立木工小组；搞建筑的成立建筑小组；爱美会打扮的成立庭院设计小组；大中专毕业生和在校生成立文化建设小组，创建微信公众号，加大对外宣传力度。大家各尽其责，人尽其用，发挥各自特长，为莲花的发展贡献力量。

先进的管理模式让村民们充满信心，创造了一个又一个"莲花速度"：3天时间建好了一个1200平方米的小公园；2天时间修好了1公里引水渠，疏通水渠1.8公里；5天建好后山步道；20天填埋鱼塘，建好乡村足球场等等。

在短短半个月的美丽乡村建设行动中，莲花共拆除了100多间老旧危房，翻新了28间旧房，清理垃圾超500吨……

这些成绩来之不易，莲花每天出工一百余人，年龄大到八十多，小到十几岁，人人参与。村民空前团结，喊出了"美丽莲花是我家，未来不比城里差"的响亮口号。微信群里，每天都在播报劳动进展，大伙儿热血沸腾，每个人都为村庄一点一滴的改变而努力付出。在外的莲花人深受感动，纷纷自发在群里，你一百我两百的捐款，给在家劳动的乡亲们买水喝。两个多月里，村里仅收到的茶水费就将近8万元。

由于"三清三拆"涉及个人利益，个别村民刚开始不配合。理事长利用晚上时间去村民家中耐心地做思想工作，以情动人，以理服人。村民理事会与村民签订用地协议，给村民吃下定心丸。最终村民们无偿出让宅基地给村集体使用，使村里道路更加畅通，环境更加优美。

这期间，莲花还发生了很多感人的事情。为了解决村集体经济发展难题，村民韦初生无偿提供了一间闲置房和一块场地，让村里建起了集体厨房。村民韦方启捐赠了一部分建筑材料，让村里节省了一大笔建设资金。88岁的老党员韦兰英主动捐款，在各项义务劳动中从不掉队。韦兰英这种无私奉献的精神影响了在外做工程的儿子廖志杜。他得知屯里组建村民理事会需要带头人，放下了收益颇丰的工程回来担当理事长，积极带领村民搞建设。在需要用地的情况下，他主动将自家的地让出来建足球场。22名村民免费出让宅基地供集体使用。村里已开发建成特色民宿和爱心食堂，正在建设自然学校和少年军校，这一系列工程完成后将为夏（冬）令营、研学活动提供理想场所。村后还建设了5公里田野徒步专用道，可以用于体能训练或徒步观光。

在一次次大规模治理后，莲花的村容村貌焕然一新：原来乱七八糟、破旧不堪的建筑拆除了，村里的每一个角落都干干净净。青山绿水映衬下的村庄显露出田园风光的诗意。

一批批客人慕名而来。"莲花管理""莲花速度""莲花精神",这些词语多次出现在市级和省级报刊上,互联网新兴媒体的报道更是数不胜数。莲花整体运营步入了规范化模式。越来越多的年轻人回到村里,为村里发展贡献自己的力量。

韦应成就是其中之一。他和韦庆功年纪差不多,虽然是一个村的,但由于韦庆功常年在外,他们之前并不认识。

原来他和村里的其他年轻人差不多,平时并不生活在村里。他在成团镇上做农资生意,在县城里买了房子,平时忙,不怎么回莲花。在美丽乡村建设中,他的斗志被韦庆功点燃了。他放下了镇里的农资生意,回到村里担任村民理事会秘书长,负责日常工作和接待工作。此外,他还负责村里微信群和公众号的管理。在这一过程中,韦应成成长起来了。他慢慢掌握了现代村庄运营管理理念和方法,找到了村庄发展的方向和思路。

在对他采访时,笔者问道:"家里的无花果怎么样了?"

他笑笑说:"今年都没有时间打理,产量和品质不行,村里太忙了。"

"你后悔吗?"

"哪里有什么后悔,为了村里发展,我做一点儿事,值得。"

为了重塑村民的思想道德风貌,莲花着手制定村规民约。莲花对村规民约的制定和通过十分谨慎。村民理事会、村民代表大会反复讨论草案,通过之后,张榜公布,同时也发到微信群中,要求每家每户遵守。村里的卫生实行门前三包责任制,每户签订责任书,实行长效管理机制。

莲花村规民约是"红十条"和"黑十条"。

"红十条":遵纪守法,正直正气;保护环境,自家卫生自己理;团结邻里，礼貌待人；尊师重教，敬老爱幼；诚信经营，诚实做人；阳光向上，与时俱进；惩恶扬善，清正廉明；追求美丽，追求幸福；集体主义，少数服从多数；我爱莲花，莲花爱我。这是莲花人践行社会主义核心价值观的具体体现。莲花每年会评比践行"红十条"的积极分子，并以资鼓励。

"黑十条"：孤立父母，虐待子女；私搭乱建，违反规划；沾毒涉黑，偷鸡摸狗；破坏公物，占用公地；懒惰消极，不思进取；不讲诚信，出尔反尔；对抗集体，任性乱为；造谣惑众，搬弄是非，打架斗殴；露天焚烧垃圾，乱堆乱抛杂物垃圾；自家牲畜随意在公共场所大小便不清理。

触犯"黑十条"，违反村规民约，村里会有相应的处罚措施：违反1次，理事会发出警告，记入《村民不良恶习清单》；违反2次，责令改正并写保证书，记入《村民不良恶习清单》；违反3次及以上屡教不改者，记入《村民黑名单》。被列入《村民不良恶习清单》的人员，一年内不再犯的将其从清单中划出。被列入《村民黑名单》的人员，取消本村一切福利，包括莲花教育基金、村民互助基金、各种节日福利等，开除出兄弟会，村民不参加其家的红白喜事等。

村规民约对培育积极向上的风气发挥了巨大的作用：抽烟的村民不再随手乱丢烟头了，他们会先熄灭了再丢到垃圾桶；孩子们养成了良好的习惯，主动参与村里劳动，吃完的零食包装袋不再乱扔，会放到垃圾桶；周末有空的时候，妇女们自发组织去村里小公园拔草，她们对自己亲手建的小公园会特别用心维护；路上偶尔发现垃圾，路过的人会随手捡起来；村里有人闹矛盾了，有人会主动出来调解。

莲花人越来越包容，越来越大度……

为了激励村民更加积极地参与乡村建设，莲花引入了积分制管理模式：每次参加集体劳动或村中事务可以获得数量不等的积分，积分可以在"积分超市"换取生活用品。积分制体现的是对劳动和奉献精神的认可。在积分制的影响下，越来越多的村民把村里的事当成自家的事。村里有事，大家抢着干，争着干，站着看的村民越来越少。村集体的凝聚力越来越强，尊老爱幼、诚实守信、勤劳向上、奋发有为的良好风尚逐渐形成了。村民们对莲花越来越依恋，越来越有归属感，

2019年3月的一天，韦方弟的妻子韦素猜因摔伤造成脑出血需要手术治疗，本不富裕的家庭难以承受高昂的治疗费用。韦方弟四处筹钱，但手术费仍然不够。当他快要绝望的时候，村里兄弟姐妹们伸出援手，慷慨解囊，及时凑齐了手术费，解了燃眉之急。经过医生的悉心治疗，韦素猜度过难关，2020年6月23日康复出院。韦方弟一家深感莲花有爱，2020年6月28日，他们将感谢信张贴在村里公示栏内，向村里所有的兄弟姐妹致谢。

自开展了美丽乡村建设以来，受益最大的是孩子。他们参与了许多场次劳动，成为村庄小小的主人，最大限度地受到村庄的自然教育，可以去游泳、穿山洞，布置民宿的花草树木，参与大型活动的主持和表演。孩子每周参加足球公益集训，莲花男女足球队还与多个少年足球队打过比赛。许多孩子对村里的传统文化猫龙表演感兴趣，在老一辈的带领下，常常参与表演活动。孩子们在历次活动中逐渐成长，更加从容自信。

2019年8月的一天，在韦庆功夫妇的协助下，村里的孩子们举办了第一届乡村音乐会。主持人由孩子们担任，他们有了展示自己的机会。每年的重阳节，村里所有老人欢聚一堂，孩子们对老人表达孝敬之心，主角不仅是老

人，还有孩子。

2020年1月30日上午，在做好疫情防控的前提下，广西乡村足球振兴计划的两个村屯——莲花屯和平地屯的少年足球队，在莲花屯足球场进行了一场精彩的友谊赛。

2020年5月，五月花书吧志愿者到莲花屯开展公益活动，用爱传递暖意，助力乡村文化振兴。孩子们把书籍分类整理好，打造出一个小小的村庄图书馆。

2021年5月，莲花屯的孩子们编排了诗歌朗诵《家风颂》节目。

一个村庄，只有形成一个健康向上的氛围，才能祛邪除恶，抑制不良风气。

村里原来有一个在外打拼多年的村民，受到了外面世界的诱惑，吸了毒。2019年，他得知村里正在进行美丽乡村建设，就偷偷回了几次村。见到莲花发生的巨大变化，他的内心受到了震撼。他向村民理事会负责同志表示，他欠莲花一个道歉，如果没有这个道歉，他一辈子不能心安。他想在村民大会上，当众向大家检讨，表达悔改之心。

"当时全村人都在啊，老老少少上百人。他当众跪下，向全村人道歉，忏悔，痛哭流涕，说给莲花抹了黑。"

莲花对悔过自新的村民是宽容大度的。村民们接受了他的忏悔。莲花的年轻人，尤其是孩子们上了非常重要的一课。这节课告诉莲花人要如何走好自己的人生道路，如何遵守自己的人生底线、原则。

2021年8月31日莲花举行了家风家训授牌仪式，80户村民领到了家风家训牌匾。"没有共产党，就没有新中国，希望我们的子孙后代，要珍惜今天来之不易的幸福生活"，老党员韦兰英在领到了书法家给她书写的家风家训牌匾之后，连唱带说地向大家表达难以抑制的喜悦心情。

山美水美人更美的莲花充分挖掘文化资源，打造"非典型性景区"，发展旅游业。

"非典型性景区"是莲花人自己的说法。相对桂林等山水旅游胜地来说，莲花的自然风光虽然秀丽，但特色并不突出。为了振兴旅游业，莲花人充分发掘自身的文化资源。

红色文化资源就是莲花的一笔宝贵财富。莲花具有优良的革命传统，曾涌现出一大批保家卫国的人民英雄。抗日期间，全村人拼死抵抗，无人投降，还用土枪杀死了一个日本兵。屯里的很多山头上至今还保留着先辈们抗战时期修建的城墙。中华人民共和国成立前夕，中共柳江工作委员会在此诞生。在莲花屯中共党员韦日高家中，曾召开影响柳江革命进展的重大会议，史称莲花会议。

如何把这些宝贵的资源利用好呢？莲花的经验是党建引领、制度建设和选贤任能。

一是党建引领，走出一条凝聚人心的新路子。莲花屯党支部以乡村治理为推手，把支部建在村里，聚拢人心，最大限度地发挥党员先锋模范作用，大胆探索，组织村民不等不靠、敢想敢闯，建立起"党建引领、村民主体"的工作新思路。在上级党委、政府的正确领导下，夯实支部战斗堡垒作用，大力发展壮大村集体经济，为乡村振兴可持续发展提供可借鉴的新发展模式。2020年重阳节举办节庆活动，接待各方游客，集体经济首次盈利1.6万元。2020年7月14日，柳州市委常委、组织部部长黄丽娟同志到莲花调研，对莲花路径抓党建促乡村振兴工作给予了充分肯定。

二是健全制度，闯出一条具有先进理念的新路子。"三会兴屯"是莲花路径的重要法宝之一。"三会"指的是村党支部会、村民理事会、村民监事会。作为莲花总顾问，韦庆功引进华为公司的企业管理模式来治理村庄，设计乡村治理模式和构架，带领村民制订了村民理事会管理、村规民约、理事长（监事长）轮值制、村级财务管理模式等一系列制度，建立了政治、自治、法治、德治、贤治、智治相融合的乡村治理体系。这一体系实现了组织振兴、人才振兴和培养老中青管理团队的初步目标，激发了村民的正能量，为产业、文化和生态振兴打下了坚实的基础。

三是选贤任能，探索文化、旅游与产业结合发展的新路子。农村发展的关键因素是人才。美丽乡村建设需要开拓新路，不仅需要大批管理人才，也需要大批实干家。莲花的成功是充分发挥人才作用的结果。

莲花人目标宏大。他们在整合已有足球场、自然教育学校、民宿、游泳池、徒步观光道等旅游资源的基础上，提出了打造"章草书法村""最美乡村拍摄基地""婚纱摄影基地"的方案。他们准备以先进企业管理模式，建设出产业兴旺、生态宜居、乡风文明、治理有效、生活富裕的新型美丽乡村，实现产业、人才、文化、生态和组织的全面振兴。

对于莲花村容村貌的变化，村民韦日初激动不已，写下了动人的诗篇："古树参天丝叶青，美丽山峰鸟弹琴。密林深处凉亭现，绿萌树下涌清泉。条条路如龙摆尾，栋栋高楼冲云天……"

# 平地家风

"处事谦让和为贵，为人诚信善为本。"谭加和乐滋滋地举着书法家刚刚写好的家风家训。那平整的牌匾，墨香犹存。

"自从我们村搞清洁卫生以来，干净多了，一天比一天进步了。"

笔者问："进步体现在哪？"

谭加和说："我们屯人心齐了，更重视卫生了，都没有乱丢东西的人了。"

外嫁女阿红多年后回村探亲，看到村里发生的变化，由衷地感叹："道路硬化，整整齐齐，干干净净，破旧的老房子都没影子了，我都认不出平地了。"刚回来的时候，她以为自己走错了路。

2021年6月5日，穿山镇高平村平地屯锣鼓喧天，红旗招展，一场"学党史、扬村风、晒家训"的活动正在热闹地进行着。

古语说："修身、齐家、治国、平天下。"家风是一个家庭或家族长期以来形成的能够影响家庭成员精神、品德及行为的传统风尚。平地屯以"学党史、扬村风、晒家训"活动为切入点，为全村人提供道德滋养、精神动力和良好的人文环境。

在平地村史上，这是第一次大规模开展家风家训书写活动。

这也是柳江历史上第一次大规模家风家训书写活动。

这是平地屯追赶高田、竹达、莲花等先进村屯的"奇招"，受到各路媒体的关注。

村民们在家谱祖史、经典家训和长辈口述的基础上，通过家人共议的方式，提炼、订立了各具特色的家风家训。每一家的家风家训内容都不一样。等到村民们准备好了之后，柳江区文联组织书协志愿者来现场书写。在活动中，书法家们共为320多户村民书写了牌匾。有的村民拿到牌匾马上就在自家门口挂起来。

在美丽乡村建设中，卫生工作是必不可少的。但环境卫生治理之后，各地还要因地制宜地培育特色。

乡村振兴的必要条件是培育人才。家庭是培育人才的摇篮。良好的家风家训对培育人才至关重要。

培育文明乡风，提炼良好家风，打造淳朴民风，为美丽乡村建设助力，平地屯先行了一步。

他们将家规家训挂在墙上，通过家规家训教育子女，传承美德。

村民谭金荣介绍："我们家的家规家训是：以孝为先，礼貌待客，行善积德，诚信经商。"他家开小卖部，服务的对象主要是本村村民。他把家规家训挂在门口，家人们每天进出都能看到，提示他们诚实经商做人。

当笔者找到平地屯党支部书记谭永记的时候，他正在忙碌地接待华南理工大学柳州校友联络处的爱心人士。

平地是个人口较多的村屯。由于人口众多，思想复杂，进村工作的干部，基本上是"笑着进来，哭着出去"。美丽乡村建设工作一直推进缓慢。前几年，村里杂草丛生，杂物乱堆乱放，垃圾随处可见，是一个典型的"有新房，没新貌"的村屯。

平地屯的党支部书记谭永记说："你不知道，当时我们的状况，人多，320户，1600人。地广，纵横3公里。"

2017年之前，只有在上级来检查时，平地屯才会例行公事似的打扫下卫生。平时村里卫生状况不佳。外村的人都说，全靠党的政策好，平地有了水泥路，要不然他们能搞清洁乡村？

谭永记和村里一帮骨干听了，心里很不是滋味。可是，村里人觉得很正常。千百年来农村就是这样子的啊。还有人调侃："脏一些，乱一些，随意一些，才是原生态嘛。"

"六都没有米，饿死光头噜"，这句民谣说的是平地长期在温饱线上挣扎的现象。如今，村民们吃穿住用不愁，建成了两万亩连片的富硒米生产示范基地，成为新的鱼米之乡。很多人要求不高，已经很满足了。

平地有水，有地，为什么不能把村屯风貌改变一下呢？

2019年一个夏日，谭永记在村民大会上表示，他们愿意带好头，做表率，请村民监督。

谭永记说："两年来，我为了村里发展，为了村里建设，把自己的生意都落下了。"

村里有太多事务需要去处理了，谭永记忙得像一个陀螺，快要转晕了。平地按照片区管理原则对清洁责任区进行了分解，到人到户。村民理事会不定期地去督查，要求没有按照要求做的村民立刻整改。在组织村民推进房前屋后大清理、大扫除时，谭永记积极帮助大家整理干净。他还会要求村里回收废旧物资的小老板将物品整齐垛放，做好清洁卫生。在书写家风家训的活动中，板材选取、内容抄录、人员组织等等工作，都需要他操心。

谭永记经常说："我是一名党员，要通过自己的带头作用改变村里的面貌。钱是赚不完的，其他的事情，我想得不多。"

村里要拓宽游泳场地，需要征用村民的土地。他首先动员他的叔叔："不好意思了，阿叔，现在游泳池这边需要拓宽场地，占了您的地，希望理解，希望支持。"

他叔叔说："怎么样搞的竟占用我的地？搞工作得先搞定自己人？"这是叔叔和他开的玩笑。对于侄子的工作，叔叔带头支持。

村民看到他从自家叔叔工作做起，敬佩不已，大部分人都爽快地答应了。

此后，在修建公共设施需要占地，开展卫生工作等，他首先会以身作则。

美丽乡村建设必须有人带头，有人付出，有人奉献。只有领导干部乐于奉献，群众才会心悦诚服地跟着走。

2019年，游泳池修建好了，免费对外开放，很快成为村民们避暑的好去处，周边村屯的群众也闻风而至。通往游泳池的道路，十分整洁，道路两旁花草繁茂。

村民理事会发动村民种植起观赏性的莲藕。每到夏季，花香四溢，"十里荷花红到门"。100多亩的藕田，成为一个新的产业。莲蓬每斤可以卖到3元钱，这成为村民增收的新途径。

经过建设，平地的路边几乎找不到什么垃圾，村道两旁种植了各种各样的花和绿植。

自然环境改善了之后，平地人又开始思考人文环境。村民理事会开始讨论家风建设。村民理事会理事长谭炳啊高个子，表情严肃。他是平地清洁卫生的一名督察员，每天在村里巡查，随时随地处理地上的垃圾。对于不遵守村规民约的行为，他随时指出，从来不怕得罪人。

笔者问谭永记："2019年以来，村庄治理面临的最大困难是什么？"

"最大困难是什么？长效机制和管理是最大的问题。如何让村民长期坚持，长久执行，这是最大的难题。做一阵子可以，做一辈子就难了。"

在召集村民义务投工投劳的过程中，谭永记感觉到了困窘。村民的积极性、参与度，在一次又一次的劳动中降低了。怎么样让村民更加积极地参与这场"清洁战役"呢？

"没有规矩，不成方圆。"他苦苦思索后决定"立规矩"。

2020年一次偶然的机会，他得知莲花屯已制订出台了"积分超市"这一制度，该制度主要是记录村民参与集体劳动的时间和次数，给予村民一定积分，积分在村头村尾进行公示。村民的积分可以兑换日常生活用品。分数越多，兑换的商品就越多。这既是一种鼓励，更是一种鞭策，可以激发村民的内生动力。

他山之石，可以攻玉。谭永记灵光一闪，立即带队前往莲花屯考察学习。在与村民理事会商议之后，他宣布在村里建立乡村振兴积分超市，创建劳动卡。劳动卡上的积分可以兑换日常生活用品。

2021年元旦这天，平地屯的乡村振兴积分制管理制度正式印发给村民们。这一制度旨在将村民们组织起来，提高群众自治水平，激发他们的内生动力，进而主动参与乡村建设，不断适应农村发展的管理新机制。该制度包括管理流程、加分减分的管理细则等内容。规则细致全面，涵盖生活生产、孩子教育、庭院建设、文体活动、公益活动和集体活动等各个方面。

刚开始，一些群众不理解，还有人说闲话。这些积分，看来也是一阵风，吹完就没有了。不学还好，学别人，村里通过这样的形式来约束我们。

谭永记和几名骨干不为所动，给超市购置了不少日常生活用品。按他们理事会成员说法，日常生活用品，要给群众买好的品牌，要达到城里人的生活品质。他们希望通过这种长效机制推动村里的各项工作。通过公平公正公开的记分方式，凝聚民心，共享乡村发展带来的成果。

他们举办了一次全村规模的捐款活动。理事会成员带领村民捐款，第一次捐款就筹集了好几万元。

平地屯的劳动卡就此诞生。每次美丽乡村建设劳动之后，带队的村民小组长都会把参与人员名单记录在册。村民可以凭手上的劳动卡到村文化室兑换牙膏、洗衣粉等各式各样的生活用品。

"现在村屯建设越来越好，今天用劳动积分给孩子兑换了一个新书包，非常开心。在村屯附近上班，月收入有3000多元，休息时间经常带孩子一起参与义务劳动，把村屯建设得更加美好。"今年37岁的周桂红开心地说。

以家庭为单位参与积分超市，用积分兑换商品，彰显出劳动的价值和意义。

一些村民说，以前觉得自己都白活了，从来也没为村里做过什么事，现在好了，可以为村里做事了。所做的一切都是心甘情愿的。

理事会不仅开设乡村振兴积分超市，还设立了"加分项""减分项"，激励村民为乡村建设多做贡献。如今平地的村容村貌、村民精神面貌发生了很大变化，实现了"平地也能开出璀璨花"的愿景。

"东西虽然不值太多钱，但是我们拿了很开心。"村民手上拿着牙膏，满脸笑地说。

年度总结时，理事会安排人员将一年劳动卡分发情况汇总上墙公示。看到自己一年为乡村建设做出的贡献，村民们充满了自豪感和成就感。他们用勤劳的双手为自己的村庄梳妆打扮，体现着最朴素的人生价值。

超市里的东西少了，理事会就呼吁村民捐资购买，理事会成员通常带头捐款，有时也会向在外的成功人士筹资。

"我们自筹经费，党员、村民骨干带头，村民义务投工投劳，把原来杂草丛生的水塘建成足球场，为孩子们提供了一个运动的乐园。"

谭永记自豪地说："我们的孩子也可以像城里的孩子一样享受快乐足球。"

花自盛开，蝴蝶必来。

村民谭加敏说，村里干净整洁，才有人愿意来村里帮忙。如果还像以前一样，估计难。

这话很朴实。只有自身努力，其他人才会愿意伸出援手。

足球场的建设就是一个很好的例子。平地屯要充分盘活土地资源，将一个干涸的水塘建设成一个占地4亩的五人制足球场。水塘属于村集体，可以直接用于足球场建设。但除此之外还需要占用水塘边缘的0.5亩土地，这0.5亩土地的使用权属于两名村民。为了村里的发展，这两名村民无偿提供了土地。

建设足球场需要资金，村民积极捐款，理事会共筹集了5万多元。对于建设一个足球场而言，这些钱是远远不够的。钱不够"力"来凑，村民义务投工投劳。经过村民们的努力，球场终于建好。在村民们乡村建设热情的感召下，政府部门捐赠了绿化苗木，体育器材商家赠送了人工草坪、球门和球网，体育服装商家赠送了统一的运动服和袜子……

通过"美丽姐"的牵线搭桥，柳州几位热爱足球的华南理工大学校友，来到平地屯，发起了一项公益项目——广西乡村足球振兴计划。他们利用周末时间到村里带领孩子们踢球，就像莲花屯的模式一样，他们在村里挂牌成立了"校友之家"，支持平地屯。他们定期开展足球培训、普法等公益活动，还带着孩子们到工业园区或公园开阔视野，为全面推进乡村文化振兴注入强劲动力。

华南理工大学校友邓君就是其中一名足球公益教练。她把爱心传递给了平地热爱足球的孩子们。她说，足球运动可以让孩子们享受到不一样的快乐，拓展不一样的人生。一些孩子参加几个月的足球集训之后，性格变得开朗许多，特别是留守儿童，呈现出积极向上的精神面貌。邓君每周从城里来到村里，需要一个半小时的车程。她希望有更多的人士参与到这项公益活动中来，帮助更多村里的孩子。

2021年6月，邓君被评为市级优秀社会体育指导员。"乡村公益足球，我们一直在路上。"她谦虚地说。

这个不大的足球场成了孩子们的乐园，不论男生女生都很喜欢，甚至把周边村屯的孩子也吸引了过来。每到周末孩子们就会一起训练，他们不仅与莲花屯足球队开展过对抗赛，还多次到市里与其他球队竞技交流。孩子们非常开心。

因为足球，孩子们的生活发生了明显的变化，玩手机玩电子游戏不再是他们学习之余的主要活动。足球给平地屯带来的变化，远不止在孩子们身上，也体现在每个家庭里。

在书写家风家训之前，穿山镇党委书记覃钊文、华南理工大学柳州校友联络处会长梁华易和相关部门领导，分别向12名学生颁发"六佳之星"的奖状，"六佳之星"即"孝道之星、礼仪之星、勤学之星、守纪之星、向善之星和勤劳之星"。同时，他们还向学生代表赠送毛笔、宣纸和墨水等文具。

邀请书法家为全村书写家风家训，开创了柳江历史先河，自治区、柳州市、柳江区三级纪委密切关注平地家风家训的推进情况。

2021年7月31日，自治区纪委宣传部门专程来到平地屯，深入了解家风家训活动的诞生过程，还与村民共书家训，共挂家风牌匾。

谭兆么坚信家风家训的益处。他们家牌匾上写的是"尊敬长辈，孝敬父母，勤俭持家，诚实守信，初心不改，永远跟党走"。

笔者问为什么这么写？

他沉默了一会儿之后说出了自己的心里话。原来他是上一任屯长。十年前，村集体要建造篮球场，但资金不足，于是在春节期间，他默许别人在村里玩牌赌博，通过"抽水"筹钱。这一事件被人举报，他被取消了预备党员资格。经过这次打击，他得到了教训，但为集体奉献的初心没有动摇。在他的鼓励下，他的女儿就任村民理事会理事长。开展美丽乡村建设以来，他带头捐款，调解纠纷矛盾。因其在村里威信高，村民们愿意支持他，配合他的工作。在做屯长时，他不怕得罪人，收回了许多村民所占的集体用地，为乡村公共建设打下了基础。

"我调解纠纷矛盾的原则是在理不在人。即使是亲人，也是要坚持原则的。"谭兆么讲得实在。虽然过去了多年，他依然心中向党。在村级事务中，他坚持以一个党员的标准来要求自己。

"心从善，行从德，学高为师，身正为范，梧高凤必至，花香蝶自来"，这是谭加平的家风家训。

谭加平有八兄弟，需要8块家训。他想想，不行啊，一个家族，我们就搞一个，统一思想。

他们召开家庭会议，展开了热烈的讨论，从初中到重点大学的亲人们都参与协商，最后形成统一的家风家训。他想，这家风牌匾，要传承上百年，光宗耀祖，荫庇后人。每天看着家风家训，自己心里更明亮了。

平地一个屯，凭借自身的努力，撬动了四方，引发了社会公益组织和高校对于乡村建设的关注。与高校结对，形成联盟，探索共建美丽乡村的新路径。

穿山镇党委正把平地打造成党建引领的新标杆，将之作为示范点，探索乡村振兴之路。

治国重在治理人心，村庄治理也是如此。坚持党建引领，凝聚人心，有效引导村民共商共治，这是一条捷径。

培育文明乡风，提高乡村社会文明程度，为乡村振兴筑"魂"提"质"，传播向上向善正能量，这是乡村建设的重要任务。

不日新者必日退。谭永记心里清楚，乡村治理到了节骨眼上。此时此刻，平地更需要发力，持续推动发展。

物质丰裕之后，精神家园的建设显得尤为重要。加强家风建设，加强教育引导，充分发挥家风家训在基层社会治理中的重要作用，引导广大群众弘扬传统美德，弘扬中华民族优秀文化传统，践行社会主义核心价值观，树立家国情怀、美丽乡风，传承敬老爱幼等传统文化，这是每一个村庄的使命，更是每一个党员的使命。

平地屯党支部，就是在乡村精神文明建设中脱颖而出的支部。

近年来，穿山镇充分发挥基层党组织的战斗堡垒作用，始终坚持党建引领，高起点谋划、高标准建设，认真贯彻落实乡村振兴战略，积极探索"组合式"党建路径，不断做大、做强特色农业，打造工业旅游业，推进乡村建设，致力推动民富村强，走出一条党建引领发展、产业支撑振兴的特色发展道路。

覃钊文充满激情地说，穿山将抓住乡村建设这一契机，以"村庄建设+旅游发展"为方向，以党建引领，以支部和党员为先锋，一个一个村屯去打造，加快发展现代特色农业，开足马力，全面推进乡村振兴。

# 矮山的劳动卡

"山不在高我自美丽，建设家园人人参与。"

矮山屯群众靠着勤劳的双手，干劲十足地投身到美丽创建活动中，把村容村貌"打扮"得越来越"靓"，人居环境得到了显著提升。村民们把这句话刻在了村头，让子孙后代铭记心中。这是矮山屯建设美好家园精气神和村魂的体现。

说到矮山，就要先说说百朋镇下伦屯。

2013年，各级党委政府有意识地统筹推进下伦乡村建设，把下伦作为核心示范村屯来治理，希望以点带面地推动美丽乡村建设纵深发展。

当地党委政府引入资金，对下伦核心区的房子，统一进行外立面改造，统一粉刷房子，进行村屯形象升级与基础设施提升，打造乡村休闲旅游和现代农业相结合的典范。

经过一系列建设，下伦成为城里人半日游的重要集散地，每年到下伦等村屯观光的游客达几十万人次。荷苑景区的游客中心就设在下伦，每年荷花文化旅游节在下伦举办。许多文艺节目在下伦及其周边村屯持续演出，旅游给下伦带来了新的产业发展契机。下伦先后被评为全国和自治区农业旅游示范点、国家4A级旅游景区、中国美丽田园、2018中国十大最美乡村，广西"十大魅力乡村""广西十佳休闲农业名村""柳州市十大精品美丽乡村"。它成为柳江对外宣传的一张亮丽名片。

"荷塘月色"是自治区级的农业核心示范区，以下伦为中心，辐射到建房、北弄、六义、高田、塘边等村屯，影响到整个百朋镇"五九、里团、怀洪"所辖三四十个村屯。3万亩莲藕产业，给这一带的村民和村庄都带来了重大的影响。伴随着经济发展和产业升级，美丽乡村建设也一步步推进。经过多方争取，2020年"美丽柳江·幸福乡村"综合示范村——下伦屯，再次获得项目和投资。经过改造提升，下伦的美景，吸引了络绎不绝的游客。

而矮山屯，地属成团镇，相距下伦3公里。在2018年前，这两个村的村容村貌却是大相径庭。

矮山1760年建村全屯165户，655人，均为壮族。因村庄被五座山环绕，其中有座叫米山的较矮，故名矮山。在开展美丽乡村建设之前，矮山村连路都没有，杂草自由生长，垃圾充斥沟渠，多年未清，老旧房子横七竖八。

2018年开始，美丽乡村建设的重大项目——"乡约·藕遇"休闲骑行绿道启动，这条骑行绿道以戈茶为起点，途径矮山，最终到达下伦，规划长度为23公里。这是一条连接主城区与下伦景区的旅游线路。这条绿道将沿线各屯的田园风光串联起来，是"旅游+农村+农业"的新型旅游产业发展的重点工程。

"这条路也过我们村了。"矮山村民特别兴奋。村里的一些骨干察觉到，这是改变村庄面貌的大好机会。

他们期待通过建设骑行绿道，促进村里清洁卫生工作。他们带领村民全力配合政府的建设工作，号召他们无偿提供项目建设所需土地。对于矮山来说，这条绿道太重要了，它可以将矮山与主城区、下伦景区连接起来。

最初，村民骨干带头搞卫生，为公共道路建设无偿提供用地，召开群众动员会，尽心尽力。一些村民不理解，议论纷纷，认为他们能得到什么好处，不然怎么会这么积极。村主任等一帮骨干心里有气，又哭笑不得。

"卫生再不搞，就永远落后于人。"

覃福是村主任，后来又被选为村民理事会理事长。他在村民大会上狠狠地批评了那些落伍的思想。思想落后将失去很多机会。矮山再不奋起直追，可能就不再有机会了。矮山有山有水，有景有地，条件这么好，为什么不能赶上其他的村屯？

群众的思想千差万别，有先进，就有落后。

"看到别的村，对比我们村，简直是太难过了。"一些村民说起前两年的矮山满腹辛酸。

2019年，经过一轮又一轮的思想动员，矮山屯群众的觉悟提高了。在参观了下伦、高田、竹达之后，他们决定行动起来，奋起直追。2019年4月初，竹达屯长韦文隋参加矮山村民代表大会，把竹达经验倾囊相授。

高田模式，竹达经验，是当时村民谈论最多的词汇。

"我们也是可以的，我们村条件这么好。"矮山村民的建设热情燃烧起来了。

仅仅一个星期，矮山村民把多年来从未清理过的公共场所、村中巷道、大小沟渠，全部打扫一遍。屯主干道的杂草被清理，并铺上草皮，矮山焕然一新，呈现出勃勃生机。

在这次清理活动中，上到白发苍苍的80岁老人，下到几岁小朋友，都积极主动参与劳动。"各路人马"都是主力军，很多在外工作的村民从柳州赶回，有的人推迟办理自己的私事，有的人带病参加劳动，有的人因特殊情况不能参加劳动，自愿捐款支持家乡建设。

在劳动中，村民理事会对乱搭乱建的家庭做了思想动员。对于主动拆除影响环境住房的村民，为他们重新选址修建新居。"三清三拆"环境整治取得了前所未有的成果，凝聚了人心，转变了村风，推动了乡村风貌改造。

这是他们的战绩：清理沟渠300米，淤泥300吨，垃圾150吨；铺设草皮300平方米；获得捐款上万元。

"想不到，我们村这么美。"

"你不知道，那时候，我们拉几十车的淤泥、杂草、废旧物品。想一想，我们原来在垃圾里生活了几十年。"

村民们既点头又摇头。

在劳动期间，矮山成立了由16名村民骨干组成的美丽乡村建设理事会，选出了带动能力强的理事长，完善了组织架构，参照先进村屯治理模式，制定出村规民约。各家各户均签字认可，并在大会上表态，自愿遵守村民自治公约。

村民们意识到，这将是矮山面貌的一次重大改变。

在村容村貌改造过程中，村民理事会发现，动员全村进行一两次大扫除，大家非常积极参与。可是时间一长，一些村民疲沓了，就会应付了事。这对于始终积极参加劳动的村民来说，有些不公平。这可怎么办？这个问题，深深地困扰了覃福份、覃福教、覃金凤他们一帮骨干。美丽乡村，是需要付出的。

高田和竹达的经验已经表明，乡村建设任重道远，绝对不是朝夕之功，只有建立适合本村屯的长效机制，才能巩固乡村建设的成果。

三个臭皮匠，赛过一个诸葛亮。村民理事会经过多次讨论，结合村里实际，决定出台促进参与集体劳动的劳动卡。

当村民理事会在全体村民大会上提出劳动卡制度后，一些村民叫好，也有一些村民担忧这个制度无法持久。

村民理事会向村民做了详细的解释：每个劳动力每年需要义务参加集体劳动15天，缺勤每天须捐款100元用于村集体建设。每次集体劳动时，村主任向参与劳动的村民发放劳动卡，同时进行考勤登记。若有争议，以劳动卡为凭，做到用制度管人理事。

用事实说话，用劳动讲话，这是村民们调侃时说的。无故不参加劳动的，就"乐捐款"吧。

经过村民理事会的耐心解释，村民们打消了顾虑，全票通过了劳动卡制度。

劳动卡非常的灵活，它可以"代劳动"，就是如果有劳动力因事无法参加劳动，其他人可以把自己的工记在这个人的劳动卡上。年终，村民理事会把劳动卡回收统计后公示，未做满12次义务劳动的村民，自觉在公示之日起10日内把"乐捐款"交给理事会的出纳，结清一年的"账"。这样的管理方式得到了众人的认可，成就了今天的矮山。

在后来的实践中，劳动卡对提高村民生态文明和乡村文明的建设意识发挥了重要作用。村民们热情高涨，积极响应党委、政府的号召，参与屯内道路硬化工程，修建村民活动中心、文艺舞台、篮球场等公共活动场所。村后新建的沿山步道，掩映在绿荫之中，步道旁建有微花园、微菜园、修缮一新的老泥房，一步一景，充满了壮族民居的风情。矮山一天比一天漂亮了。

矮山的劳动卡，是义务参与劳动的凭证，它也是一种荣誉的象征。这是乡村治理的一种方式，是对村规民约的一种补充，对乡村振兴、乡风文明治理发挥了积极的推动作用。

现在一提到矮山，人们就会想起劳动卡。其实，矮山还有美丽家乡建设承诺书、门前三包、村规民约十条等长效治理规章。这些规章是美丽矮山的制度基础。矮山的村民自治，逐步走上了制度化、规范化的道路。

"我想通过自己的努力美化好庭院，美化好村庄，打造原生态公园、球场，我们就和城里人一样了。我们村如果搞好旅游业，搞好草莓、玉米之类的产业，有休闲、有旅游、有康养，吃上旅游饭，那我们农民就更好过了。"村民韦建敏表示，"特别支持劳动卡，它让我们感受到劳动最光荣。"

这就是劳动的荣耀。对于发展，很多村民有着自己的想法和规划。

覃丽丽，是一个在湾区打拼多年的姑娘，一直从事生态绿色饮料和食品的销售工作。在去进德参观了硒玉米、台湾大桑葚产业之后，她决定与村民们一起盘活村里的200多亩土地。她成立了公司，让村民们入股，共同开发绿色环保产业，与村里原有的沃柑、草莓产业呼应，吸引更多城里人来采摘游玩。矮山的绿色产业与下伦莲藕产业配套，形成旅游产业带，开设体验式采摘示范区，带来了较好的经济效益。这是值得探索的一条路。

覃丽丽还建起了新房，打造成新格调民宿来吸引更多的游客前来观光。

矮山处于"乡约·藕遇"骑行绿道的重要节点处。"网红"休闲骑行绿道绕村而过，游客们可以在矮山休憩调整和补给，这为矮山的休闲旅游业发展带来商机。

一张小小的"劳动卡"，凝聚了矮山屯建设美丽乡村的大智慧，打造出矮山的秀美风景。现在的矮山，古榕茂盛静谧，溪流缓缓淌过，菜园果园错落有致，四季景色各异，一步一景。老旧的民居依山而建，保存完好，充满了浓郁的壮族山村风情，与大自然和谐地融为一体，构成了神奇、古朴、壮观、美丽的画卷。

# 木贯领头人

功崇惟志，业广惟勤。

木贯屯的发展历史，记录着这个山村从小到大、从少到多的进步。

1950年，修建木贯三架水库。

1957年，建成全镇最大水坝：狼口泉水坝。

1957年，建成全镇第一座水碾坊。

1967年，建成全镇最长的木贯至佳偶3级水渠（4公里）。

1970年，建成全镇跨度最长渡槽2座。

1970年，修建二次加压水轮泵抽水站。

1999年，群众集资修建屯内主路。

2002年，重建屯里1号大桥。

2014年，群众自筹资金建成水泥路1.6公里。

2016年，建成活动中心、篮球场、公厕。

2018年，建成环屯水泥路。

2019年，建成小花园、千米石板路、栈桥2座，拆除旧房1600平方米。

2020年，成功申请了自治区美丽乡村建设奖补项目，建设了一座30平方米村碑牌、一栋220平方米壮族文化展示馆和占地700平方米党建主题公园；修缮了知青房、壮旅文化遗址房、两座艺术水坝；修建1100平方米环屯水泥路、900米沿河石板步道、狼口泉边1300平方米微菜园、3600平方米狼口泉亲水区（游泳池）等。

2021年，木贯屯群众积极响应政府号召，发动群众实施退桉还果发展产业，砍掉速生尾叶桉近300亩，种上脆蜜金橘，为木贯的产业振兴添上了浓重的一笔。

这一系列的变化，让村民们振奋，让外村人震惊。

木贯屯已有二百多年的历史了。这个仅有56户、370多人的小小村屯，在村里"领头雁"的引领下"群雁齐飞"，成为土博镇乃至全市乡村建设的标兵。


木贯屯原来只有一条狭窄的"水泥"路。村民们说它是"水泥"路，是因为下雨天道路泥泞。由于乡村卫生条件差，路上到处是牛屎牛尿、猪屎猪尿和生活污水，苍蝇蚊子四处乱飞。从木贯屯走出去的村民回村的第一件事往往都是准备一双水鞋，只有穿上它才能走村串户，拜会亲朋好友。近些年，很多村民买了小汽车，狭窄的村路坑坑洼洼，很难通行。因此，走出家乡的木贯人想起回家就头痛，外嫁的媳妇也不愿意回来。

韦汉宣是从木贯走出去的商人，现在是柳江区政协委员。他动情地对笔者说，游子思乡，木贯始终是他最为牵挂的地方。村里好多在外拼搏的兄弟聚会时总是谈论要改变村里落后的交通、卫生面貌。

　　2013年，柳江开展了声势浩大的美丽乡村建设。作为政协委员，韦汉宣很早就知道了这个消息。他既激动，又担心。他激动的是，改变乡村面貌的时机到了。他早就想做点事，为家乡出力，现在是一个好机会。同时，由于多年离家，他担心无法得到乡亲们的支持。虽然顾虑重重，他还是回到木贯，人活一世终要干些有益于大众的事。

　　木贯的建设，道路是重中之重。2014年，他们决定建设一条长1.6公里宽5米的村路。经过规划设计部门的测算，预算高达70多万元。这意味着平均每户要分摊10000多元。当时，木贯的人均纯收入仅5000元。对于并不富裕的村民而言，这是一笔巨大的开支。

　　虽然任务艰巨，但为了解决两百年来的通行难题，改变落后的面貌，修路势在必行。为此，韦汉宣和村里的骨干决定召开全体村民大会，统一思想，商量对策。韦汉宣建议，村里每个有车的家庭，按照轮胎数量来捐款，每个轮胎500元，一辆小汽车2000元；没有车的家庭，按照人数来捐款，每人150元。对于韦汉宣的提议，一些村民有意见，因为不少人购买了四轮农用车，为了运输方便，他们又给车子加装了两个轮胎，按照车子轮胎数量捐款，他们要多交钱。最后还是韦汉宣的建议获得了通过，一些口头上大叫冤枉的"小六轮车"车主也表示支持。当天晚上，木贯就募集到80000元道路建设经费。他们太想改变木贯的落后面貌了。

　　按照规划，这条道路大约需要2年时间才能修好。但实际上，仅仅几个月的时间，道路就完工了，每家每户按时出工。同时，村民们想方设法降低建设成本，车子自己出，水泥自己扛，砖头自己搬，尽可能自己寻找建筑材料。在完工之后，经过计算，修路仅花费了30多万元，节省了一半的成本。

木贯人这种战天斗地的精神，感动了邻村和在外闯荡的亲朋好友，他们纷纷捐款捐物。

在修路过程中，木贯人群策群力，有说有笑，更加团结了。

这是一条村民们用汗水铺设出来的道路。当看到崭新的水泥路延伸到自家门前时，许多人热泪盈眶，还有人点燃鞭炮庆祝。

以韦汉宣的条件，他原本可以在城里养尊处优，过着无忧无虑的生活。很多村民不明白为什么他要回村里吃苦受气，"你图什么呢？"

"我什么也不图，就是想通过自己的带动，把家乡建设得更美，让更多的父老乡亲享受到改革发展的成果。"韦汉宣坚定地说。

不图什么，这一句话，是有分量的。

很多回到家乡开展美丽乡村建设工作的乡贤都是抱着最简单的回馈家乡的想法。事业有成后，他们就想带领乡亲们共同致富，过上好日子。

除了返乡游子，知青也纷纷加入木贯的美丽乡村建设。

1976年7月至1979年5月，柳州有10位知青下放到木贯插队。木贯人朴实淳厚，不会因为哪个的成分不好而歧视哪个。在那段艰难岁月里，这些知青得到过村里人的照顾。他们与村民一道上山下地，共同劳动，插秧除草，种豆播瓜，在劳动中结下深情厚谊。

2014年开始清洁村屯以来，当年的10位知青，回来了8位。他们捐款捐物，与村民们共同扫地、清除垃圾，同吃同住同劳动。这更激励了村民整治环境、创建美好家园的信心。

"那帮知青，当时他们都是孩子啊。"村里的老人说。

如今，"孩子们"回来反哺木贯了。

对于美丽乡村建设工作，村里大部分人是支持的。但在工作中，有时候一些人的利益会受到损害，他们就会提出反对意见。还有一些人在项目中总想着为个人谋得一些好处，这也会带来一些矛盾。

"2019年，我们村开展三清三拆，时间紧、压力大，遇到不少问题。"

木贯解决的办法是制度建设。各个宗族选派出公道正派、讲得话、做得事的代表组成村民理事会。遇到问题，就让各宗族的代表去做工作，以亲说亲，以事说事，事理说得明白，就容易接受。不看僧面看佛面，很多难题，就在各宗族中悄然解决。

一些比较棘手、难以解决的问题还是需要韦汉宣出面解决。

韦汉宣特别注重工作方法，他总是以一个归乡游子的身份与村民沟通交流，从来不端土博镇商会会长的架子，村民们都乐于倾听他的意见。

"三清三拆"是一项非常艰巨的任务，一些村屯因阻力太大，工作经常停滞不前。但由于韦汉宣等人卓有成效的沟通，仅仅用了两天的时间，木贯就拆除了2000平方米危旧老宅。房前屋后堆放的建筑材料、农具、柴草杂物等相继被清理干净，河道沟渠被清淤疏浚，废弃猪圈牛栏、鸡舍鸭棚狗窝、露天厕所被陆续拆除。

与此同时，他们还保留了几间比较坚固的旧泥房。壮族风味的泥巴房子，"土味"十足，充满了质朴的沧桑感。在日后发展旅游业的时候，这些房子可以用于参观，甚至可以改造成民宿。

在韦汉宣和一帮村民骨干的带领下，群众被发动起来，把村屯的陈旧垃圾处理干净了，污水排放问题也得到了解决。村里面貌得以改变，村民们享受到了清洁乡村的成果。

村子里的卫生状况变好了，但如何保持是一个棘手的问题。这也是韦汉宣和村民理事会想得最多的问题。虽然村民理事会给各家各户划分了责任区，要求大家做好责任区的保洁工作，但村里公共部分的环境卫生也需要人管。仅仅依靠村主任和几个骨干的付出是不行的，他们也要忙于生产生活。木贯必须要有专门的公共环境保洁员。但雇用保洁员需要经费，经费如何解决呢？

韦汉宣想到了城里人交纳卫生费的办法。村民理事会决定按照人数征收费用，每人每年30元。很多在外打拼的村民愿意多交，有些人交了一两百元。韦汉宣带头交了500元。这样，村民理事会共筹集了10000多元，加上屯里的公益林也能提供一些补贴，经费的问题就解决了。

而后就是保洁员的人选问题。木贯决定让村里的贫困户韦明耐担任保洁员，这既可以保证村里的整洁，也可以提高他的收入。

村庄变美了，村民理事会就想方设法让村民变富。韦汉宣想到的是发展旅游业。木贯的旅游资源是独一无二的。这里交通比较方便，距离木贯不远就有一个柳州至南宁高速公路的出口。木贯有着独特的喀斯特地形地貌，拥有"狼口泉"和"拉闲龙洞"两大景观。"狼口泉"水深70多米，水质幽蓝清澈，可见度达十几米，在潜水探险爱好者圈内深受推崇，有"柳州天池"之美称，是潜水探险基地。央视曾为此做过120分钟的宣传片，在业内引起了关注。拉闲龙洞号称"柳版九寨沟"源头。拉闲龙洞和狼口泉可谓木贯村旅游业的两块基石。木贯还有天然的矿泉水。

为了木贯的发展，韦汉宣尽心尽力。木贯人习惯到小溪边洗衣服，他个人出资在溪边建立起一座挡雨棚。村民们不再受到日晒雨淋。村里人都十分感激。他却笑笑，觉得一切都是应该的。他说："以前，我从小到大都要帮家里人洗衣服，在村边的小溪里，时常挨曝晒，时常挨雨淋。"

木贯积极推进农村"三变"工作，即资源变资产、资金变股金、农民变股东。

村民理事会还提出了"五魂兴村"的目标，即"睦邻友好""热情待友""明理育人""正气祛邪""锐气兴屯"。

村民理事会期待通过培育良好村民村风，形成良好教育风气，保持一种敢为人先的发展活力和动力，以正能量带动村屯更快更好地发展。

经过数年的村庄建设和治理，木贯的美丽工作取得了显著成效。2021年4月上旬，土博镇党委组织各村村委干部、村民骨干集中到木贯屯，参观考察和学习先进经验。韦汉宣在大会上动情地介绍了木贯的经验和做法，获得了一次次掌声。

# 拉见变迁

非知之难，行知惟艰。乡贤的力量，正在创造奇迹。

土博镇拉见屯的梁瑞日，虽然多年来一直在外打拼，但始终怀揣着建设村庄的梦想和情怀。他想通过自己的努力，带动村民们一点一点的改变。

每一个归来建设村庄的乡贤都会面临诸多困难。村庄的变化发展，人财物都面临不同程度的问题。

面对着村庄的萧条，每一个真正有情怀的乡贤，都会被深深地刺痛。经济在发展，村庄不断改变，一年到头的大多数时间里，村庄是寂寥的。在过年的时候，外出务工的村民们归来，村庄突然热闹起来。但年节之后，随着年轻人的离去，村庄又恢复平日里寂寥冷清的状态。与之前不同的只是多了很多残留的垃圾。

笔者问梁瑞日："让你下定决心来改变村庄面貌的动力是什么？"

"我觉得我们这代人在党的政策和好时代中获得了一些发展，我们要把所见所闻、所知所感带回来，让父老乡亲了解到外面世界的精彩和城市生活的美好。

梁瑞日满怀豪情，但一些村民却没什么动力，"拉见，一个巴掌大的地方，我们能改变什么？"

梁瑞日担任过村委干部，爱思考，经常研究农村政策。针对一些村民的观望和不理解，他有心理准备。他知道，必须通过实实在在的项目和利益才能调动起村民的积极性，才能树立自己的威望。

饮水是拉见的老大难问题。为此，他积极向上申请项目，费了九牛二虎之力，争取到了60万元的经费支持。

村庄沸腾了！

这么多年，拉见没有争取到过这么大的项目。

面对这个大项目，村民们心思各异：有的人想通过项目展示能力，有的人想从中获利，有的人袖手旁观，当然也有人想积极配合。

多年来，由于土博地势较高，山高路远，许多村屯都不同程度地存在饮水困难。有了政府项目的支持，多年来的老大难问题终于可以解决了。

梁瑞日决心将这个项目作为转变村庄面貌的有利契机。他是格局较大的人，他不为一些杂音所左右。

他与村委干部组织召开了村民代表大会，以会议的形式正式通过了屯里的决议。他向村民们详细描述了拉见的发展规划：硬化村里道路，安装自来水，安装路灯，开展美丽乡村建设，打造成社会主义新农村样板。

村民们被他的宏图吸引和打动。

在饮水工程的合同上，每一家都签字并捺上鲜红的拇指印。

为什么一定要和村民签订合同呢？

梁瑞日说："这是担心有的群众答应做这个项目，真正动工的时候又反悔，有了同意书，我们就可以放开手脚开展项目了。"

2020年初春的一天，他与村主任特意选了一个良辰吉日开工动土。工程队如期进入。在鞭炮声中，一切顺利进行。

但很快，村里就有"怪事"出现。有好事之人专门去请了风水先生。在装模作样察看现场后，风水先生说工程队挖断了村里的"龙脉"，这是村里不断发生怪事的原因。于是，有人开始在村里散布谣言，说项目挖了"龙脉"，让整个村庄的风水变坏了，将来还要出更多的事，牵扯到更多的人。

一时间，村里顿时气氛紧张，人心浮动。几个听信传言的老人家，站在铲车和钩机前面，不让动工。还有很多村民，无所适从，站在旁边看热闹。

当时梁瑞日并不在村里，他一听说这个消息，马上丢下手头的生意，连夜回到村里。回村之后，他发现村民们摇摆不定，一部分已经签署同意书的村民现场反悔。

面对这种情况，梁瑞日顶住了压力。他找来村民理事会的骨干分子，发自肺腑地讲："今天晚上我回来，主要是想让你们支持我们的工作。大家想想，我们费心费力，申请饮水工程，是为了解决大家多年来的饮水难题，我们没有任何私心。村里出事，如果证明是因为工程引起的，那责任全部由我来负责。"

"村里的年轻人出事，虽然是在工程队进村之后，但是没有任何证据证明和工程有关。你们想，如果龙脉在这，我们村早就该有水了，还用到处去挑水？我们喝的水，早就不安全了。难道我们还想用地头水柜、家庭水柜？"

一提到地头水柜，几个骨干都沉默了。当年土博镇孝中、西朗、定山等村委，为了解决当地群众生产生活用水难题，建设地头水柜，蓄水要靠天下雨，灌溉要靠地不漏；家庭水柜，是建造在村民房子旁边的蓄水池，用于日常生活。无论是地头水柜还是家庭水柜，水的清洁与安全都无法保障。

一些村民为了喝上干净的水，要到几公里外去挑水。他们经常打着手电筒，起早摸黑去挑水，其中艰辛一言难尽。

"现在发展越来越好了，我们不可能再回到从前那种生活状态。大家不能让落后的思想牵着我们走。饮水安全工程，是利民利村的事情，不能信那样的风言风语了。一个村连水用都没有，这样的风水有什么用？"

代表们被梁瑞日的真诚打动了。他们最后听从了梁瑞日的建议，跟随他解决眼前的危机。他们首先做通自家的工作，而后又分别去找关系较为亲近的乡邻做工作。对一些思想上比较保守的村民，他们给这些村民在外务工的亲属打电话，沟通协调。

梁瑞日留在村里苦口婆心做了整整一个星期的工作。经过不懈的努力，在停工一个星期之后，拉见召开了一次村民代表大会，会议主题就是是否同意继续开展饮水项目：不同意的，站在右边；同意的，站到左边。

最终的结果是：只有五家人表示不同意，站在了右边；其他村民都支持继续开展项目，站在了左边。

于是，村主任宣布，"我们村95户，90户同意，按照村民自治法的规定，我们召开的村民大会符合法律规定，绝大多数群众都同意做这个饮水工程。那就明天继续开工。请村民骨干做好监工，不允许任何人以任何形式来阻工。如果阻工，就是对抗全村。散会。"

那五家人面面相觑，尴尬地站在角落，不知如何是好。这五家人也是破坏"龙脉"问题的始作俑者，风水先生就是他们找来的。

当工程队在最终接通水管的时候，绕开了他们五家。

接上干净自来水的乡亲高兴极了，他们小心翼翼地接水，害怕浪费一点一滴。他们就像是过节一样，欢欣鼓舞。

"我们也像城里人了，有自来水了。"村民们高兴地燃起鞭炮。

拉见人多年的祈盼终于变成了现实。

第二天，柳州市政府热线"12345"就接到了反映，说工程队不给他们那5家接自来水。

原来，他们也渴望与村里人一样，用上便捷、卫生的自来水！他们在全村大会上作了检讨，工程队也给他们接上了自来水。

梁瑞日对笔者说，"想做好一些事，特别是村里的事，第一要忍得，忍耐是第一要务，要经得起别人的风言风语，不管怎么说，都要忍。因为回村里做事，是为了整个村庄的发展和子孙后代，而不是为了自己；第二，不要有私心，私心会让人迷失方向，做事不公正不公开；第三，村里每个人的立场不一样，看问题的角度不一样，要善于去理解反对你的人，这样会督促你把事情做得更好。不要想着团结全部的人，不管做什么事，都会有人反对，要为全村人谋福利，得到大多数人的支持，就可以推动村里的整体发展。"

这几点，让人深受启发。

在农村开展工作，面对各种思想交锋、利益纠缠，只有设身处地、耐心细致地说服、沟通，才能找到最大公约数，画出最大同心圆。

后来，拉见屯荣获自治区卫生村荣誉称号。

# 未来仍需要奋斗

"佳偶并非天成，幸福需要奋斗。"

这是土博镇佳偶屯悬挂在村头最显眼处的标语。

在高田、竹达成功经验的引导之下，全村96户452人拧成一股绳，捐款捐物高达54万元，投工投劳近千人次，清拆清理危旧建筑、垃圾淤泥上百吨。一夜之间，村庄脱胎换骨，村民眼界大为开阔。

这些变化，正是乡贤韦成凤与乡亲们不懈努力的结果。谈起往昔，韦成凤明显动了情。

"我们屯村民为建设美丽乡村捐款最积极，上至八九十岁的老太太，下至牙牙学语的孩子，村里经济最困难的村民都捐了。当从他们手中接过那些皱巴巴的角票时，我感动得哭了。"韦成凤说，"以前的佳偶，是脏乱的。"

佳偶屯曾经被评为市级文明村屯。但由于投入减少，理念没有及时更新，发展渐渐地滞后了。2019年，乱搭乱建的问题严重，危旧老房杂乱无章，道路不畅，陈年垃圾四处堆积。村民的精神状态也不好，散漫，没有发展的愿望，做一天和尚撞一天钟。

在县乡"美丽办美丽姐"带领下，佳偶屯的村骨干往外走，往外看，去学习高田、塘边、竹达的经验。渐渐地，大家要求发展进步的热情被点燃了。

为了村里的美丽事业，韦成凤放下石材厂的生意，返乡与村民一道投身乡村建设。

"为了带好头，我早上五点多就起床，带领一帮技术工人，在天亮之前回到村里，和村民一起劳动。大扫除、砌砖，整理杂物。村里用的很多石头、砖头，都是直接从厂里拉，也不算钱。"韦成凤说着，充满了自豪的神情。他牵头组织成立起了村民理事会，其中10多个骨干分子分工协作，商讨佳偶的产业布局、道路建设、旧房拆除等重大问题。

韦成凤是个实在人，他通过实际行动把群众拢在一起，把人心聚在一起。

村民覃杰新有一座老房子，厨房挡住了村道，这给大家的交通带来了很大的麻烦。村民理事会请覃杰新拆除厨房，让村道变得畅通。覃杰新已经搬离了村庄，只是偶尔回乡小住。覃杰新答应拆除，但要求为他新建一个厨房，因为他们有时还回来，没有厨房生活不方便。

为了村道变得更加畅通，也为了不让村民蒙受损失，韦成凤多次来到覃杰新的老房子查看。这个老房子由于年久失修，他发现一些墙体已经出现裂缝，于是便提出为覃杰新重新装修老房子，并整理隔出一间当做厨房。

他对覃杰新说装修的经费由他来筹集，其实是韦成凤自掏腰包。

在覃杰新同意后，韦成凤组织工人刮泥子，贴瓷砖，刷墙漆，隔出了一间干净整洁的厨房，前后共花费50000多元。

美丽乡村不仅表现在物质层面，也表现在精神层面。韦成凤发现，村里出现的一些不良现象与村民们文化活动缺失紧密相关。为了解决这个问题，韦成凤出钱出力，积极奔走。平时村里的文化活动和文艺演出，一般都是由他资助。2019年4月，柳江区楹联学会组织30多名会员到村里开展楹联知识讲座，并创作了大量关于佳偶的楹联、诗词。韦成凤当场捐赠活动经费8000元。

在韦成凤的积极带动下，村里的各项活动井井有条地开展，人心也慢慢地聚拢起来。佳偶正向着美丽宜居的新型乡村进发："佳节谱写新面貌，偶有相逢尽故人。村屯处处显和谐，党风时时拂家门。"

笔者问韦成凤："开展美丽乡村建设以来，你捐了多少钱？"

他憨厚地笑着说："至少有十万以上了吧，这没有什么的。"

村里人都说，成凤变黑了。他一个夏季待在屯里，跟着大伙儿同吃同住同劳动。太阳火辣辣的，人心暖烘烘的。

"2016年佳偶刚刚开展美丽工作的时候，我们没有方向，村民们不知道如何发展。"村民覃建庭回忆当时的情境，十分感慨。

如今在韦成凤的带领下，村民理事会已经确定了一个宏大的目标：利用在村边建设高速公路路口的契机，通过红色路线、传统诗词、名家名帖三大板块的建设，将佳偶打造成"中国章草第一村"，让其成为游玩、研学、观赏的教育基地，使旅游产业成为村庄发展、产业振兴的支柱力量。

对此，韦成凤表示，"随时随地听命村民理事会的召唤，共同把村庄发展起来。"

2021年6月26日，星期六，在乡贤韦海浪的倡导和推动下，勉达屯欢声笑语，现场一派繁忙而紧张景象。勉达屯第二届美丽乡村"藕王"杯庆丰收比赛，正在井井有条的进行中。

勉达与农业公司合作承办了此次活动的策划、营销、宣传，把农业产业与现代旅游有机结合，使村屯和莲藕声名大振。

"玉藕就是不一般啊。"一帮柳州媒体人，禁不住感叹。

"一笑解千愁，只因我的藕"，"荷"你有约，"莲"你美丽，这些都是这一届藕王赛事的广告语。

参赛报名者都可以获得价值50元的礼品一份。莲藕参赛标准为每根3斤起步，一等奖可获得500元奖金、3包肥料和1台净水机。

除相关单位赞助之外，奖金的不足部分由韦海浪出资补齐。

"我家的莲藕又大又白，得了藕王了。"村民韦美春脸上充满了自豪。

这一系列活动进一步丰富了村民文化生活，激励村民种出大藕好藕，增加经济效益，更让村民感受家乡美、乡村美，提升了村民的价值感、获得感和幸福感。

这一切都与带头人韦海浪息息相关。他是一个说干就干的人。当年下海经商，他放弃了在烟草行业的高薪待遇。这么多年商海浮沉，他始终关心家乡的建设。2018年，他从北京归来见到家乡的基础设施和环境卫生都很落后，这让他感到了巨大的落差。很多人特别讲究吃喝排场，在吃吃喝喝中消磨了大量时间，酒足饭饱后又无所事事。韦海浪看在眼里，急在心头。他决定从卫生问题入手改变村里的落后面貌。

他一个一个地说服亲朋好友，让他们从自家的卫生做起，从简便易行的事情做起，逐渐改变村屯的卫生状况。他的口号很温情，"还一个干干净净的村庄给自己，给远道而来的客人"。他说干就干，身体力行，和大家一起铲除杂草，清洁水渠，处理陈年垃圾。原来袖手旁观的人也参与进来了，"像浪总这样的人还参加劳动，我们还怎么好意思只是看着呢。"

经过不断地清理，村屯慢慢地变得整洁干净了。

在卫生问题基本解决之后，韦海浪开始思索村庄未来发展的方向。他推动村民将闲置的房间改造成民宿，围绕"荷""莲""藕"文化，吸引外地人到村里养老、游玩，将勉达屯打造成为充满温情、可玩可耕的休闲养生养老场所。为此，他将村里一批40多岁的中年妇女培养成为民宿管家，为游客提供餐饮、洗涤等方面的生活服务。此举既可以解决就地就业问题，还可以促进旅游产业持续发展。与以往外出打工不同的是，她们在家就可以照顾老人孩子。

当然，要发展旅游业就要村庄内部统一认识，树立新风。

2021年4月的一个晚上，村里组织召开了一次村民大会。韦海浪用"灵魂六问"来统一村民们的思想，为村民打气鼓劲。

"这个村是哪个的村？"

"如何去建设这个我们自己的和子孙后代的村庄？"

他提到了浙江莫干山民宿——仅用十年时间，民宿就在莫干山形成了产业集群，为旅游业的发展提供助力。勉达的各方面条件非常适合发展民宿。说起这些，他目光炯炯，满眼希望。

目前，他正在探索莲藕饮食文化，研发出一系列以藕为食材的菜肴，借此推介自己的家乡。

在参观学习江浙一带先进村屯后，韦海浪提炼出的一句宣传勉达村的广告语：勉善成荣，不求闻达。好客勉达村民欢迎您！

# 天下"太平"

"天下太平"——中国书法家协会会员、柳江区书法家协会副主席卢如杰在乡贤韦有健哥哥的新房里挥毫泼墨，用章草写下了这四个大字。

韦有健喜滋滋地欣赏着，这幅字反映的正是他们村屯的现状。

这是在进德镇小平屯、太平屯发生的事。

两个屯共150户，1000人，他们从来没感觉挨得这么近。

2019年以前，镇里工作队多次到村屯开展清洁乡村宣传工作，但是起色不大，两个村屯有3个生产队，各自为政，互不干涉。就连扫地，也不会多扫一尺，这拉开了人与人之间的距离。老人家串门机会不多，小孩子倒是不管不顾，有机会就约在一起去村边的凉泉游泳。

2021年3月初的一天，在柳州市气象局工作的韦修雪回到老家。村庄的面貌让他很失落。新建了很多平顶房，占地大，围墙高，在墙外想看看里面是谁，做不到，想打声招呼，也被高大的围墙阻挡了。围墙，阻挡了人们之间的交往，使整个村落显得封闭。到处是杂草垃圾，保洁工作根本没有人理。

村屯的路，特别是通往江中屯的路更是狭窄，村民各个萎靡不振，彼此之间漠不关心。

韦修雪说："我最初的目的是让自己的父母回到老家养老，让他们在此度过舒心的晚年。这要有一个良好的生活环境。"

他小的时候，村子里虽然没有那么多新房，但人与人之间很和谐、紧密，哪家有鸡飞狗跳的事，大家都会来帮忙，想办法解决。

2021年3月7日，孙梅林进村来宣传讲解美丽乡村建设的政策。她提出的"灵魂六问"，让坐在台下的黑压压的村民鸦雀无声。孙梅林坚定的话语，让他们受到了一次心灵上的冲击，也触动了韦修雪。

"我作为一名处级领导干部，为村里做过什么贡献？"韦修雪对自己多年的工作进行了反省，"现在，我能为村里做什么？"

他找到了太平屯的乡贤钟龙榜。钟龙榜做农资生意，难得空闲在家。他和韦修雪一样，都在考虑如何能让村里的老人家拥有一个安享晚年之所。

钟龙榜和韦修雪虽互相知道对方姓名，却从来没有打过照面。直到2021年5月30日才算真正认识。一番讨论后，他们组织两个屯的骨干直接去了平地屯考察学习。他们被平地的发展现状、发展思路震撼了。平地的基本情况与小平、太平如此接近，平地人口1600多人，比他们两个屯还要大。美丽乡村工作发展得有声有色，村民的状态如此之好，让他们感到惊奇，也让他们倍感压力：太平、小平再不发展，再不开展美丽乡村建设，以后村庄会变成什么样子？村里这一代人老了，他们怎么办？

韦修雪与钟龙榜想要把3个生产队、2个屯整合起来，把涣散了的人心凝聚起来，一起推动美丽乡村建设。

两个村屯共同进行美丽乡村建设，这在柳江历史上还是第一次。

两个村屯首先成立了村民理事会，把两个村的骨干聚拢在一起。大家议定，今后两个村要共同谋发展、搞建设，特别是美丽乡村建设。他们要通过建设自己的美丽家园，把两个村屯团结起来。他们成立了两个村屯的联合村民理事会，这是柳江的首创。

"我们把两个村联合起来搞清洁乡村，这在柳州历史上是没有的，这是我们的一个亮点。"

韦修雪任总顾问，负责村庄规划，把握村庄发展方向。钟龙榜任理事长，全面负责村屯的日常事务。两三名副理事长各自分管具体事务，划分责任区。他们做好村里规划，积极行动起来，不等不靠。骨干带动，村民很快行动起来，大搞门前屋后、村头村尾的卫生清洁工作。

建设需要资金，如何筹资呢？他们的做法与其他村屯相差不大，村民理事会成员带头捐款，特别是钟龙榜，做了榜样，起了带头作用。

有样照样。村民理事会定好日子，绝大部分村民都出动了。

韦婵理事，是个女将，做事干练。退休之后，她回到村里做工作。小平屯的清洁工作完成后，她的父母卖掉了柳州市里的房子，回到老家建起新房。现在老人家天天在村里串门，不亦乐乎。

"以前父母不喜欢到人家家里玩，说村里脏。现在可好了，我每次回来，还要和他们预约，不然，不知道他们去哪里玩了。

"而且，最喜欢到龙榜这里玩。他们以前不怎么来往的，因为不是一个村的，彼此不是特别熟悉。现在可好了，有一次我回来，我爸爸正喝酒，一听我说要去龙榜那里吃饭，他便把半杯酒倒到瓶子里，立马跟我走。

"两家老人以前不怎么熟悉的，现在好了，说来说去，都是亲戚呢。"

钟龙榜深有感触地说，"以前只知道拿钱给老人家，很少关心他们的精神生活。他们回村后过得开开心心的，经常有老人家来玩，就是每个月给5000元，他们也不见得有这样开心的。"

他曾经花费了几十万元修建了独栋别墅，让母亲一人在村里安度晚年。可是母亲孤单，养狗养兔，养鸡养鸭，怎么样也不开心，成了无解的难题。直到大小平屯联合开展了美丽乡村建设，村里老人家走往多了，经常在一起交流，钟龙榜的母亲也不再闹了，每天都把自己安排得妥妥当当的。

"在荷花开放的季节，我们带着几个老人家去了百朋下伦看荷花，他们回来可高兴了，开心了很久。村里的其他老人家有想法了，一直问我们，还会不会去外面玩，什么时候再组织，一定要带上他们。"

不少人很多年没有带上自己的父母出去玩了。他们以为每个月给了生活费就可以了。通过开展美丽乡村工作，村里孝敬父母的风气明显好转。老人家经常在村里闲聊、聚餐，其乐融融。他们有了自己的微信群，了解彼此，了解世界。

村里整洁，邻里和谐，这里成为颐养天年的好地方。这让村民理事会的成员感到欣慰：老人家安享晚年的问题基本解决了。

韦修雪说，"我可以自豪地说，一百年以来，两个村的人没有如此团结过。我们把群众组织和发动起来，通过群众自治，达到了我们最初的设想。"

通过清洁乡村，村民理事会成员首先成长起来了，同时带动村民成长。

韦美劝是村里一个普通的妇女，文化不高。村里带队去穿山镇平地屯学习考察时，她自费拿了一条200多元的烟，让骨干好好向平地屯的村民学习。

虽然，我们不提倡抽烟，但她的行为体现了为集体着想的简朴思想。她在村民大会上表态，只要美丽乡村建设需要用她的地，不需要征求她的意见，随便用。在修水渠、铺村路时，她自费买了10多顶草帽，还经常扛来一箱箱矿泉水，二话不说塞给做工的村民。这让村民既受到鼓舞，又感到温暖。

有一天，几个村民在修通往江中屯的道路。那天太阳特别大，他们全身湿透。但这条路关系到两个屯之间的道路畅通问题，村民们特别期待，所以他们顶着烈日，想把最后一点工程做完，让车子早日通行。这时有一个骑电动车的女孩子路过，看到他们后马上返回村里小卖部买了6瓶冰的矿泉水，塞到他们手里，然后悄然离去。让他们感动的是，这个女孩子并不是他们村的。

在村桥头边上住着一位退休老师，刚开始他对于清洁乡村和村里规划不是很了解，村里想拓宽村路，便于通车，这位老师家的三角梅恰好在需要拓宽的路边，施工必须要移走三角梅，那老师死活不肯。施工的钩机不小心挖到了三角梅，工程队顺势就把三角梅往院子里移了一些，那位老师十分生气，站在那里不依不饶。工程队一帮人只是低头做工，没有回应。桥头拓宽后的第三天，他拿了三百元找到了村里负责人，说是村里人都捐款了，他也要捐钱给村里搞建设。后来为保养新铺的水泥路和桥面，他整整一夜不眠，拿着胶管一直在淋水。

群众的向心力强了，村里活动的开展变得顺利。筹办文艺晚会，只用了三天的时间。这让大家感受到了团结的力量。

韦修雪说，"我们在美丽乡村建设中，收获了美，感受了美，只要愿意付出，就会有收获。理事们成长起来了，在工作中锤炼了自我，更加具有奉献精神。村民的责任心增强了。我们责任分区，责任包干，大伙互相监督，只要有一个坚定的目标，路就会走得更好。"

两个村的联合使乡村的面貌焕然一新：许多年从未交往的亲戚，逐渐亲近；儿时的玩伴，长大后各奔东西，因为美丽乡村而再次相聚，又重新成为无话不说的好友；有人竟然因为美丽乡村建设，找到了自己曾经的初恋，找回了青春的美好记忆……村民们的格局慢慢变大了。

他们把小太平屯打造成健康养老的美丽村庄，吸引城里人来此安享晚年；建设摄影基地，改善天然凉泉游泳池，打造旅游集散地；联合附近村屯种植麻竹，为螺蛳粉产业配套，提供和腌制酸笋。

在两个村屯，老人有了幸福感，小孩有了责任感，村民们有了做事的获得感、幸福感，大家对美好生活充满向往和希望。

# 村庄设计师

土博巴等屯是一个美丽的村庄，它藏匿于大山深处。它有上百年的枫树林、满山的红杜鹃，和溪水跌落化成的小瀑布。村庄整洁，路上没有垃圾，没有胡乱堆放的木头、杂物。许多村民家庭院的围墙已拆除，开放而又温馨。

巴等屯是低调的，不怎么宣传，一个偶然的机会，笔者来到了这里。

在土博镇全面推进清洁乡村工作后，巴等屯在村民理事会的治理下气象一新。他们坚持每个季度组织一次村屯大清扫活动，把村里村外都清理一次，连角落也不会放过。在村规民约的指导下，村民的卫生意识已经内化于心，外化于行。清洁乡村和家园，已经成为他们的自觉行动。

村民们很自豪地表示，随便什么时候来看我们村，我们村都是这么干净。土博镇政府对我们村很放心，对于我们规划、设计、整治很少干涉，我们有自己的村庄设计师。

巴等屯的村庄设计师是梁文江。梁文江见多识广，他把柳江大大小小的示范村屯基本上都走了一遍。他去过莲花，看过高田，游过木贯，进过佳偶。在进行了大量的走访后，他对村屯长效管理形成了自己的一套想法。他向村民理事会介绍自己的所思所想，以自己的见识来劝服村民。

巴等屯的村民理事会是由二三十人组成的，基本上是每家每户挑选出一个代表。

在召开了几次会议之后，为了提高办事效率，他们在代表中再选骨干，骨干成员大约十个人。

"我们经常在拉堡碰头开会，研究村里的工作。当然，尽量减少开会，因为大家都忙，如果能在微信里说清楚的，就在微信里说。

"有什么诀窍？这个，对于村民理事会成员的挑选，是需要精心琢磨的，在微信群里不积极不活跃或者在村里实际工作中不能发挥作用的人，我们一般就清理出群。

"微信群主，一般是一个擅长调动气氛又热心服务的理事。两三个关键人物提前调研商量，再征求大家的意见，村民就愿意响应，事就做成了。"

梁文江对莲花屯的积分超市管理制度、评分细则进行了修改。因为每个村庄的情况不一样，简单的"拿来主义"是行不通的。

刚开始，他拿到莲花屯的积分规则时，被里面详细的条款所震撼，但担心村民们的思路跟不上，也担心条目众多群众不理解。巴等屯修改过后的劳动积分卡，内容简洁，容易理解，实用性强，便于操作。

"我们的评分是，至少要达到60分，才能确定为及格，100分才能获奖。"

2021年5月30日，村民理事会制定出了劳动积分细则：村里每季度大扫除一次，每次每户计10分；帮助别人、见义勇为的行为加分；孩子读书考上大学，加分；无偿给村集体使用土地，加分；荣获县级以上荣誉，加分。加分需要做好记录，有时还需要相片，经过村民理事会讨论通过后才能加分。

那么，如果有人不及格怎么办呢？办法很直接，不及格就扣钱，每分10元。对于年轻人来说，10元可能不多，但对于村里的老人家来说，就显得很多了。

对于那些不及格又没有缴纳罚款的家庭，在今后需要开证明时，屯长和村民理事会拒绝签字，村委会也不给开证明。而且，不及格村民的名字要上榜，会在村头村尾公布。对于村里的每一个人来说，荣誉都是最宝贵的。而且，他们配套了村规民约，制定与积分卡对应的一些措施。

一些家庭的年轻人在外求学务工，无法出工出力，他们也需要交钱，每分10元。筹集到的钱会放到村里基金账户上，用于开展村里各项工作。

自从出台了这个村规，村里的环境日趋向好，越来越整洁了。

村民们纷纷向笔者表示："现在好多了，我们村干净整洁，以前想也不敢想，垃圾清了，每天在村里散步，好开心。"

村民们庭院的围墙大部分拆除了，这在柳江是很少见的。

那么，巴等屯的美丽乡村工作是不是没有阻力呢？

梁文江说："每个村都会有难度。有一些群众刚开始不理解，这需要一个过程。心急吃不了热豆腐。比如说，拆除庭院的围墙，难度还是很大的。村里骨干首先带头，做出示范。围墙在以前的作用是防护，现在村里治安好了，到处安了摄像头，小偷小摸少了，而且家里也几乎没有存放现金，也就没有什么好偷的。再说了，真正的小偷，也不是从围墙进去的。

"村里越做越好，群众就越来越支持。对于菜园子围栏，一些群众会主动问我们，是不是要拆除？我们会去现场查看，不符合美化要求的，一律要拆除；一些附属用房，长年不用的，村民理事会都会找户主来谈，要求他们拆除。特别是阻碍到村路通畅的，要坚决拆除。我们要给村庄留下空间，留下发展的空间。"

"对于坚决不配合你们的，有什么好办法？"

"对于始终不按村规改正的村民，他们的红白喜事，其他的村民不会参与。对于一些证明，屯长不签字，村民理事也不签字，村委会也不会同意。当然，一般都是要做好思想沟通。"

梁文江还讲了一个故事："有一户村民，对于清洁乡村的各项工作都不怎么参与，他认为各自管好自己就可以了，别管太多闲事。他家里养了10多头牛，经常往田里拉牛粪。有一次，他用小四轮拉牛粪，可能是忘记关车门，牛粪跌落一路，好几百米长，弄得村里一片狼藉。过后他也不主动去清扫。一些村民发现路上的牛粪后就到村民理事会反映情况。村民理事会的几个骨干一盘算就知道哪个干的活了，直接去找他。可能正在气头上，他不承认。于是几个骨干假装不知情，不明说是谁，把图片发在屯微信群里，大家议论纷纷。他的孩子看到后，马上联系村民理事会和屯长，给了三百块钱，叫屯长请人立即清理。后来，他本人知道了，就直接来找屯长，说他可以清扫，只是暂时没有空，怎么就把这样的图片发给他的孩子们了，让人感觉脸上无光。经过这一次，村里的事，特别是清洁乡村的事，他变得积极主动。村里8家养牛户都能按照村规民约，积极响应，保证及时清理牛粪，清除异味。养牛的场所，一般都放到了村尾，远离村中心。"

巴等屯还实行了"门前三包"，各自管好自家的房前屋后，确保清洁，鸡鸭等专门开辟庭院角落，关好放好，不准随意乱跑。

屯长和理事会开展好日常巡查，发现问题，拍照上传，责令负责的保洁员或户主立即整改。集体劳动缺席、喝酒滋事、破坏公共财物，非法上访，不服从村级集体项目建设等行为，都要扣分。鸡、鸭、鹅、牛、狗散养无人看管，进入公共场合也要扣分。一次最低扣2分，扣分无上限。

笔者问："这些动物，真的能管得好吗？管得住吗？"

梁文江坚定地说："管得住！"

这就是群众自治的力量！

村规民约发挥作用，骨干带好头，村民积极响应，就会取得良好的效果。

# "乡约·藕遇"

"百尺竿头立不难，一勤天下无难事。那时候的我们，一直都很拼。"

这是柳江区"美丽办"（乡村办）副主任、社科联副主席韦美能内心的感慨。

2015年，他从乡镇领导的岗位上被抽调到"美丽办"，此后，他一直都在为乡村卫生和振兴等方面的工作而奋斗。

笔者问："在'美丽办'，你最深的感受是什么？"

"最深的感受？"韦美能一愣，随即笑了笑，"就是觉得时间不够用。"

笔者又问："为什么时间不够用呀？"

"你不知道，有一段时间，抽调的同志因为种种原因陆续回到原来的单位。人最少的时候，只有我和孙梅林主任两个人。在这种情形下，我们顶了半年，既要下村开展清洁乡村工作，督促各乡镇抓好环境卫生整治，抓好示范村，又要处理各式各样的事务，开会讨论，研究各种事情。"

"家人该有看法了吧？"

韦美能又笑了，"我想，一个努力奋斗的人，家人也是体会得到的。孩子会仿效父母，做一个努力向上的人。充实谓之美。"

"这也是我们做好美丽乡村工作的一个原因。许多家庭投入到乡村环境卫生整治中，给孩子们留下了深刻的印象：为了美好生活父母那么努力，不仅仅是为了自己，也是为了整个村庄。这就是言传身教。"

2015年，经过一年多的考察论证，"美丽办"与相关规划部门依托百朋下伦"荷塘月色"现代特色农业（核心）示范区的辐射和引领作用，规划主题为"乡约·藕遇"的生态乡村示范项目，在绿化美化、产业发展、基础建设等方面连片打造，做足文章。他们决定打造一条骑行绿道，把县城到下伦荷花景区联接起来，可通车、可游玩、可观赏、可骑行，推动乡村产业、旅游事业与美丽乡村高度融合，带动周边群众致富，达到"三赢"目的。

柳江区"乡约·藕遇"休闲骑行绿道项目的定位是以自然格局为基、壮族文化为魂，以乡村休闲绿道的建设为龙头引擎，全面推动区域范围内的村庄规划建设，实现片区内村屯建设升级、产业功能拓展、经济效益外溢、品牌形象提升，将区域打造成为集运动健身、生态观光、文化体验、主题游乐、创意展示、度假休闲、产业博览于一体的乡村旅游综合片区。

这一条"乡约·藕遇"骑行绿道长达23公里，是一条双向自行车车道和徒步慢道，沿途涉及百朋、成团、进德3个乡镇14个村屯，把戈茶、沙角、上龙、坡照、良水、矮山、良泗、下伦、北弄、可丘、石达、勉达、建房、怀洪等示范点串联起来，规划总面积11.35平方公里。这样一条都市近郊乡村绿道，将推动农业观光、环都市生态休闲旅游业，推进沿线村屯三产发展，增加农民收入。

在所涉及的14个村屯中，原来的道路往往是牛车路或仅仅是通行两轮摩托车的羊肠小道。在北弄屯那边，一些地方甚至是没有路的。工作的难度可想而知。正因如此，这个规划制订后，一些乡镇领导直摇头，认为修路困难重重。许多人私下劝"美丽办"的同志修改规划，重新选址，以便相对容易地完成任务。

"不，这个骑行蓝图是通过反反复复，认识调研征求意见后制订出来的。沿途许多村屯的百姓已经知晓，特别是不通车的村屯群众尤其渴望有条大路通过，彻底改变他们交通不便的窘境。

"要想富，先修路。最质朴的道理，怎会有人不懂。

"美丽姐"认准的道路，不管困难多大，也不会改变方向。领导的认可和群众的支持，更是坚强的后盾。

至今韦美能说起当年的事，眼里还显露出一丝兴奋与骄傲，"那时候是真正意义上的'白+黑''5+2'，全然没有黑夜白天、双休单休，我们整个身心就扑在这条路上。"

"这就是我们美丽人的工作状态！"

对于柳江来说，骑行绿道是一个新生事物。刚开始许多人有反对意见，一方面他们觉得浪费钱，这条路至少要花费3000万元；另一方面修路涉及征地，千难万难，征地最难。你不知道，这条骑行绿道，所有涉及的土地，都需要群众免费让出，没有任何补偿。

"美丽办"负责协调各方，征地的主要重任落到乡镇。"这就特别考验人，考验乡镇和工作队的智慧和耐心。"

有一天，韦美能他们来到下伦屯的一农户家里，空气中有一丝紧张气息。从矮山屯方向过来，打通这条绿道，必须通过这家农户的藕塘，大概有2亩。村委干部已经来了好几拨，说了很多好话，就是做不通这家人的工作。镇领导也来过多次，反复做了解释，还是没有效果。

只见户主的儿子，"啪"一声把自己的手机直接摔到墙上，零件四处散落。

"说什么也没有用，就是不同意征用我的地。"

虽是意料之中，韦美能他们还是愣住了，想不到户主这么大的脾气。他们只好安慰了那个小伙子一下，就告辞了。

后来，他们通过关系了解到镇领导覃如廷是当地人，与其家姐是同学关系，而且两人关系非常好。覃如廷通过其家姐做了思想工作，户主才慢慢接受政策，这条路的关键点才被打通。压在他们心上几个月的大石头，终于轻轻地放下，全身心都放松了。

类似情况，不在少数。许多工作，需要基层干部一心一意去了解情况，理解群众，打开群众的心结，及时解决群众的矛盾和问题。如果是工作浮于面上，没有很好地把握政策与群众之间的关系，没有能从群众的角度看问题，三心二意，虚情假意，是做不好农村和群众工作的。

美丽工作者的总体目标就是要打通这条路，让更多的农产品能够顺利运输出去，实现产业富民。这是目标，途中遇到一些挫折、困难，在所难免。韦美能说："为了破解征地难题，'美丽办'拿出施工图，一尺一寸地推进。在村庄治理方面先行一步，在涉及的村屯内开展屯内绿地围篱施工、绿化改造、过河危桥拆除及新建等项目，让村民看到实实在在的成效，鼓舞他们对修建这条绿道的信心，从而全力支持我们。"

沿途村庄的美丽工作如火如荼地进行。涉及的村屯群众，眼见着其他村庄一点一点的改变，他们也深受感染。戈茶屯建起了村民文化活动中心，屯内主干道路全部实现硬化，全村绿化面积达6400平方米。矮山也焕然一新，其他的村屯也在悄然变美，受到了越来越多的关注。

有时候，让群众自己做村民的工作，反而效果更加显著。通过村民大会来统一思想，让群众发表意见，然后再做工作。通过说得上话、威信高的村里人来做工作，也是有效的。只是这需要时间和耐心。

韦美能他们就是这样，日复一日的工作，四年后，骑行绿道全面竣工。在全线贯通的庆祝时刻，"美丽姐"百感交集：付出的努力，终于有所回报！

通过骑行绿道建设，将沿线各屯休闲的田园风光串联起来，一头连接着自然，一头连接着农村人的生活，实现了"旅游+农村+农业"的新型旅游产业快速发展。十里田园十里画廊，步步成景处处入画，14个村屯的山林、河流、田园、荷园、菜园、果园，葡萄产业、莲藕产业、水果产业，共同铸就了美丽乡村蜕变的业绩。

什么力量大？聚拢起的民心力量最大。这条路的打通，犹如翻山越岭，最关键的是集中了村民的智慧和力量。

"美丽姐"、美丽哥他们，是精卫填海式的人物，是愚公移山式的人物。正是因为有了他们，"乡约·藕遇"和这条绿道才那么的光彩夺目。

# 春天的奖励

2019年，自治区表彰了一批保洁员，柳江有4人榜上有名。这在保洁员队伍中传开了。

保洁员是工作在第一线的"美丽"工作者。

覃春奖是受到表彰的保洁员之一。他是一名百朋镇垃圾中转站的保洁员，主要负责怀洪村建房、下伦、六义等村屯的乡村清洁和垃圾转运，同时也负责整个百朋镇的垃圾清运工作。

覃春奖原来在上海有着一份薪金不错的工作。他哥哥承包了百朋的垃圾清运工作，不幸的是他哥哥因病去世，镇里领导既心痛又头痛，一下子找不到适合的人选来接这项工作。垃圾处理，一天也不能停摆。在镇里极力邀请下，覃春奖辞去工作回到家乡，接替了哥哥的这份工作，成为百朋镇一名垃圾中转站的保洁员，继承了他哥哥的保洁事业，为此他每年少了10万元的收入。

"我们都是很放心的了，把百朋的美丽工作交给他，一百个放心，工作认真负责，守时准时。他就年三十休息一下，其他时间都在岗位上，"百朋镇人大主席韦光源十分赞许地说，"我们清运车出点小故障小毛病，他都自己修理，从来也不乱花镇里的钱，能省就省。他真是个好人。"

"我们交办的一些临时性的、救火式的事给他去做，花钱少，质量高，做好后从不急着来催政府要钱，确实难得。"

"百朋镇最美的'美丽人'，就是覃春奖了。"

覃春奖是一个腼腆、质朴的人，他说："做好保洁，是我的工作，为大家贡献一份美丽，更是我的本分。"

"我为自己的家园做好这份工作，再累再脏也值得。"

覃春奖有一辆桑塔纳，外观干净整洁，打开车门里面却是一车子的铲子、扫把、钳子等等保洁工具。

他走街串巷，进村入户，时刻准备着让村庄恢复洁净。

"那你觉得脏，觉得累吗？"笔者十分好奇，一个在大城市工作过的人怎么看待这份工作的。

"那肯定脏啦，累啊。但是我接手了我哥的工作，我就会坚守承诺，把保洁和美丽工作进行到底，不管多苦多累。"

"能为柳江为家乡贡献自己的一份力量，辛苦也是值得的。"

"我会坚决完成任务，按时把垃圾运送到里雍垃圾填埋场。"

"我觉得嘛，一个人，在一个岗位，就要做好一个岗位的工作。我在保洁工作岗位上，就要做好保洁，绝对不推卸、不拖延。这是我做人的本分。"

本分，是覃春奖经常提到的一个词。这是一个没有多少文化的乡村清洁工作者的"豪言壮语"，震撼人心。

覃春奖不仅恪守本分，做好本职工作，而且在村里的美丽乡村建设中也非常积极，以小家带大家，共建美丽家园。他的"三清洁"工作做得非常到位，庭院按照门前"三包"的标准和要求来整理，带动左邻右舍共同做好房前屋后的清洁卫生。他还是一名义务政策宣传员、讲解员。

现在，覃春奖一家都在保洁战线上工作，他父亲、弟弟、表弟等。有的当司机，有的做保洁员，都是百朋镇保洁队伍中的骨干力量。他们默默地坚守在自己的岗位上，为保洁事业贡献自己的一份力量。群众提起覃春奖，都竖起了大拇指。

除了覃春奖，还有3位保洁员在2019年度受到自治区表彰，他们分别是穿山镇平地屯的谭海嵩、三都镇三都街的韦海杰和土博镇佳偶屯的韦成东。他们和覃春奖一样，工作中服从领导的安排，脚踏实地，不怕苦，不怕脏，不怕累，践行着"宁愿一人脏，换来全村净"的环卫精神。

这是本职工作，也是做人的本分，更是一种可贵地奉献精神。

这4名乡村保洁员，是柳江广大乡村保洁员中的一个缩影。正是有了1500多名乡村环境卫生治理的"美颜师"奋战在基层一线，以扫帚为笔，以汗水为墨，默默地精心描绘，851个村屯才绽放美丽。

乡村的美丽工作，不仅需要一线的"美颜师"，也需要幕后的"设计师"。

韦光源，一直分管美丽乡村工作。

2015年，他去各村检查。用他的话来说，村里的情况是"一言难尽"。一些村屯的垃圾成堆成堆地倒在村边路旁，污水直接排，苍蝇到处飞，一些村连落脚的地方都没有。这个现象也被上级督查组拍成相片，在全区进行了督查通报。

再也没有退路了，无路可退。

百朋镇党委、政府下定决心要打一个翻身仗，要全面动员，全面发动群众，全面提升群众的公共卫生意识、个人卫生意识和综合素质，推动农村发展。

经过深入调研，韦光源在樟卯屯向16个村社区的干部、村民骨干发出动员令。

"你不知道的，一个大的乡镇，分管美丽工作有多难。经费少，村屯多，巧妇难为无米之炊。本来，我是不用分管这个工作的，我原来是武装部长，我是用'枪'来保卫美丽工作的。"

他有一些调侃，但对于农村工作来说，确实需要能说会做且有决心的基层领导。

"你知道，除了脱贫攻坚工作之外，乡镇领导最害怕接哪个的电话？

"美丽姐"。

笔者问韦光源："分管清洁乡村工作这几年，你觉得最难的是什么？"

"最难的是解决群众的思想意识和思想工作，让群众接受一项新生事物确实难，把他们固有的思想更新换代难上加难。"他脱口而出。

"就算做最简单的项目，比如说建垃圾处理池，也会占到群众的土地。发动全村大扫除，一些群众有意见，他们要去搞生产。一些村规民约的制定执行，也会有一些群众不舒服，他们没时间。群众心里还有'等靠要'的思想，他们就等政府项目，如果没有项目投入，他们就觉得政府不关心，清洁卫生工作慢慢就放松了，这种现象比较典型，比较常见。他们不知道，做清洁卫生是为了谁，以为是为我们。"

韦光源一脸无奈。

"第二难是规划设计的实施。"

"怀洪的一个村屯要拓宽道路，这条道路长约900米，是运送莲藕的必经之路，也是莲藕核心景区的核心道路之一。这条路的拓宽需要占用10多家村民的藕塘，每家大约30平方米，县乡工作队做思想工作很难。十几个老太太在那里喊，'你们占了我们的地，你们政府要帮我们生养死埋，要不然，就是不同意。项目做不下，你们被扣奖金，活该。'"

这条大概3米宽的莲藕路一直无法动工，后来项目被迫撤资，转移到了其他村屯。几年之后，怀洪的村民们感觉到这条路狭窄，难以会车，制约了产业发展，想重新启动修建，但由于资金和政策的原因，一直难以实施。现在这条路成为旅游观光的瓶颈。

笔者问："那对美丽乡村工作，你有哪些深刻的体会？"

韦光源答道："对乡村工作和群众工作，要带有情怀，带有感情，才能真正融入，才能真正做好农村工作。以心交心，以情换情，群众才会真正支持拥护。"

无数的汗水，无数次群众会议，无数次的思想动员，无数次的交锋交流，百朋的群众慢慢接受了这个分管美丽工作的镇领导。让韦光源欣慰的是，每次进村，总会有群众主动过来打招呼，讲一讲美丽工作，反映一下清洁乡村存在的问题和困难。

他对于群众来说，是最亲切的镇领导，但对于家庭来说，他是每周回一次家的父亲、丈夫。"我觉得，最对不起的是我的女儿了，陪她的时间太少了。"

对于基层干部，不仅要看他的嘴，更要看他的腿、他的心，是否能知行合一，言行一致，真心实意地站在群众的立场想问题、讲问题，解决问题。

2018、2019年度，百朋镇两次荣获柳江区美丽乡村评比工作一等奖，这是对韦光源等一批致力于美丽一线工作者的充分褒奖。

东风随春归，发我枝上花。

这是一个伟大的时代，这个时代有赖于无数人的艰苦奋斗，也将成就艰苦奋斗者。

有目标便有行动，有行动就有美丽。"历史承认那些为共同目标劳动因而自己变得高尚的人是伟大人物；经常赞美那些为大多数人带来幸福的人是最幸福的人"，用奋力前行的脚步，开辟乡村建设、乡村振兴的坦途，方能无愧于这个伟大的时代，迎来乡村建设的春天。

# 百花齐放

计利当计天下利。

多年的奋斗，柳江区建设美丽家园的意识与理念已深入人心，群众对于奋斗目标已达成共识，对乡村振兴充满希望，先后有68个村屯荣获市级以上先进集体、50人次荣获先进个人等荣誉称号。

三都镇在2019年春节期间开展"村村户户搞清洁，欢欢喜喜过春节"的乡村清洁活动，进一步整治村屯环境卫生，丰富农民群众精神文化生活，营造全社会共同关心、支持、参与乡村建设的浓厚氛围，为"葱满幸福"农业核心示范区提质升级打下了坚实的基础。

村民们都自豪地说："政府号召搞乡村清洁活动，各家各户、整个村庄都靓丽了，我们举双手赞成。返乡过年的孩子们看到了家乡的变化，我们很自豪。"

以全景式鸟瞰三都镇的乡村建设。上潭屯的村史馆，让每个村民重温历史，把文化与乡村建设有机融合起来。走进白见村，沿着一条整洁而宽敞的村道，有的村民在清扫房前屋后，有的在清理沟渠，呈现出一派火热的劳动场面。以香葱产业脱贫致富的觉山、里贡等村屯，村民们早就习惯开展清洁卫生了，家家户户竞选美丽庭院。三都大财主起源地——边山屯，村民就像生活在公园里，全村绿化率超过40%；路灯110盏，完成屯内道路硬化350米、排污沟700米，建有生活污水收集管网、公厕、凉亭……

我们还可以从拉雅屯的变化管窥文化与乡村建设的力量。

2015年以来，拉雅屯充分发挥乡贤作用，以乡贤带动和文艺活动为切入点，调动村民积极美化、亮化村庄。经过几年奋斗，如今屯内溪流清澈见底，巷道干净整洁，墙绘精美绝伦，令人耳目一新，引得外来游客啧啧称奇，在外的媳妇也更愿意回来小住了。

拉雅屯属三都镇白见村委，位于三都镇西北部，全屯140户，共558人，绝大部分都是"韦氏"宗亲，民风淳朴、邻里和睦。

为响应政府号召，拉雅的乡贤们主动出击，回到村里，共商乡村建设、清洁卫生工作，他们充分发挥村民的能动性和自治作用，制定村规民约，并成立幸福乡村"乡贤理事会"。他们踊跃参与村里的公益事业，村民们先后捐资20多万元，加上政府的支持，他们把屯内道路硬化了1400多米，建起了文艺活动室、乡村大舞台，建成小公园。为了让子孙后代铭记从前的生活场景和状态，他们花了大力气，修缮老旧泥房，保留具有壮族风味的民居。村民遵守《村规民约》，家家户户实行门前卫生三包，对村屯公共环境卫生相互监督。严格执行卫生情况每周通报制度，评差评优村民集体讨论。这让一些不讲究卫生的村民倍感压力，自觉参与到保洁的行列中来。

一切都在悄悄地变化。

几年来，村民的卫生意识、保洁意识明显增强，整个村庄生机勃勃。他们成立了文艺队，通过各种活动提升丰富村民的业余文化生活。拉雅屯成立了一支舞蹈队、一支舞狮队，都是由村民自发组织、自筹经费开展活动。舞狮队由一群年轻人组成，逢重大节日、重大活动，他们就回到村里义务表演。舞蹈队由家庭主妇组成，她们自筹资金，在文化室建立舞蹈室，开展各类展演，丰富了业余生活。舞蹈队还经常外出表演，为美丽乡村呐喊，展示出拉雅人积极向上，美丽大方的风貌。

业余文化生活的丰富，村里再无人参与赌博、六合彩等不良活动。他们有了自己的爱好和精神追求。

全屯20名党员还带领村民积极开展创建青年文明号、巾帼建功示范岗、家庭美德教育、关心下一代等活动，让传统美德与社会主义核心价值观渐渐融入村民生活，"美丽之花"悄然在村民心里绽放。

在村民们的努力下，2016年拉雅屯荣获县级"美丽乡村"称号，2017年荣获柳江"文艺村"称号。2018年，拉雅屯获得自治区"美丽乡村"一事一议项目奖补资金360万元，他们利用这笔资金对村内的可南河河道进行了治理，修缮了河堤，修建了水坝；在房屋外立面统一粉刷展现乡风、民风、家风的宣传画，使良好的乡风、民风、家风深入人心，提升了村庄的品质。

拉雅屯以自己的独特方式，散发出自己的光芒，就像村民覃树发唱的山歌：

"春催河水唱新歌，党领人民搞改革。

妙手奋笔绘美景，乡村新貌进画册。

污沟变成清水塘，园边杂草变村花。

羊肠小道变大道，牛车变成桑塔纳"……

覃树发的歌很多，三天三夜也唱不完，唱出了新农村新时代的变化。

2020年的疫情，让村里的人牵挂，也有更多的时间来关注本村美丽建设。觉山、板旺等村屯，自发将地里几万斤的芥菜、萝卜等蔬菜捐赠给湖北，支援抗疫一线。美丽乡村，不仅增强了村民之间的凝聚力，也让村民更加懂得知恩图报，坚定了跟党走的决心。

在美丽乡村建设过程中，常常会遇到拆房让地的事，在柳江大地上一次次的上演着"六尺巷"的故事。乡村建设不仅改变了农村环境，也渐渐地转变了群众的思想。三都镇下觉屯因两家"让地"建成了一条"五米路"和一座"和谐亭"，宿怨良久的两家人一笑泯恩仇，和好如初。

里高、三都原来是一个乡镇，后因行政区划调整，里高从三都划分出来，因为同根同源，里高和三都的乡村规划建设也十分相似。他们以村规民约为切入点，在思想动员和群众参与程度上取得了可喜的成效。

在2014年"美丽柳江·清洁乡村"的年度总评中，里高镇荣获第一名。年度总评是在周评、月评之后的一次"年度总决赛"，这是对一个乡镇一年乡村清洁工作的综合考量。里高镇的"年度总冠军"来之不易：从地毯式宣传到创新垃圾收集与处理，每一个环节都落到了实处。保仁村坡皂屯是农业产业示范区"梨园花语"的核心区域。从2013年开始，村民通过代表大会推选出保洁员，坡皂160户，保洁费的收取率达到100%。村里每日一小扫，五日一大扫，垃圾统一清运。如今的坡皂，环境优美，鸟语花香，犹如世外桃源。

2014年7月，里高镇汲取保仁、坡皂等村屯垃圾清运处理的经验，推出了

"政府购买服务，垃圾清运外包"的新模式，即统筹全镇资源，在交通便利的村屯实行垃圾统一清运，为整体推进环境卫生整治和乡村建设奠定了良好的环境基础。这一模式走在了柳江的前沿。

"柳州市领导还到我们村里参与我们的清洁卫生咧。"2020年夏，保仁村一大帮村民满面笑容兴奋地说。

2020年，柳江区以里高青花梨产业为依托，以"美丽柳州·幸福乡村"（柳江梨花篇）活动为契机，贯彻落实自治区、柳州市农村工作会议暨"幸福乡村"活动动员大会精神，认真开展农村环境综合整治工作，努力提升乡村风貌。这次活动以梨花为媒，充分展示美丽乡村建设带来的新变化、取得的新成果，推广鲜明的田园乡村旅游文化。

这是美丽乡村建设与产业、文化、旅游深度融合的一次尝试，加快了柳江全域旅游发展步伐，提升了柳江影响力，对推动产业与美丽乡村建设融合发展起到了促进作用。

龙新村龙朝屯原来是一个自治区级贫困村。在美丽乡村建设中，龙朝屯通过了考核评估，获得了"以树代奖"项目，得到了八月桂、杨柳、无核黄皮等许多品种的花卉苗木。经过几年的护理，现在的龙朝屯就像一个四季花园，家家户户有"微菜园""微田园""微果园"，绿篱、绿带整洁美观，龙眼、黄皮果、葡萄等就在墙边，随手可摘。

村民何飞驰兴奋地说："感谢党和政府给我们村送来了产业，送来了政策，特别是搞了美丽乡村之后，我们村改变大了，早就脱贫致富了。"

"现在一年四季都是景，春季有桃花，夏季有葡萄，我们村可美了，好多城里人都来玩，来拍照。"

"从2013年开始，我们村响应党委政府号召，组织村民积极参与清洁乡村活动，现在村民卫生意识提高了，现在村里道路上一个烟头都没有。"

龙新村将美丽乡村建设与脱贫致富齐抓共管，在脱贫攻坚战中顺利摘掉了贫困的帽子。龙朝屯更成为带动致富的典型，产业发展呈现出蓬勃向上的态势。何以吉六十岁了，原来是一个贫困户，如今娶了老婆。村里人都调侃说："种了桃树，自然有人走"桃花运"了。"村里还有一个五十多岁的老光棍何宏叶，他不但讨到了老婆，还生了一个女儿，现在愈发勤奋做工了。

"你看，这就是美丽乡村的成果啊，以前我们村脏兮兮的，哪个人愿意来啊。"

成团镇的戈茶屯，是柳江打造的第一批美丽乡村示范点，也是骑行绿道的起点。自开展美丽乡村建设后，村里卫生变好了，大龄青年梁民娶到了老婆。

梁民的故事很有代表性。在没有开展美丽乡村之前，梁民认识了一个女子。在谈婚论嫁的时候，女子随梁民来到戈茶，她看到村里的脏乱景象，转身就走，只留下一句话，"你们村那么脏，难找吃啊。"

美丽乡村活动开始后，成团镇党委、政府派出最强工作队，数次深入屯里召集群众开会。村民表示青壮年外出打工没有劳动力在家无法搞卫生。工作一时陷入困境。

针对这种情况，成团镇派出工作队和村里骨干一起带头做好清洁卫生，做到以行动服人，"以德服人"。工作队清早就到村里，扫地，清渠，处理垃圾。

工作队扫了三天的地，再次召开村民代表大会，村民们被打动了，他们感慨：村里房子越建越多，越建越大，但由于环境卫生差，大家的生活质量并没有提高，必须一起动手改变这种状况。

经过三个多月的集中整治，一个凌乱的村庄展露出清洁的面貌。于是，有了梁民娶到老婆的故事。


进德镇的山中屯是"两高"（高速铁路、高速公路）沿线的美丽示范村屯。它向过往的游客展示出广西村庄的美丽。2021年柳江着重改造了"两高"沿线19个村屯，山中屯便是其中之一。

山中屯村主任韦瑞连是一个年轻小伙子。对于村里的拆迁、建设和房屋外立面改造工作，他非常熟悉。在示范村屯的建设过程中，他费心费力，也一步一步成长起来。

笔者问："你知道什么叫'三清三拆'吗？"

"'三清'是清理村巷道生产工具、建筑材料乱堆乱放，清理房前屋后和村巷道杂草杂物、积存垃圾，清理沟渠池塘溪河淤泥、漂浮物等。

"'三拆'是拆除危旧房、废弃猪牛栏及露天厕所茅房；拆除乱搭乱建、违章建筑；拆除非法违规商业广告等，建设村庄栅栏圈围。"

他对答如流！

他不仅了解政策，也善于落实政策。

按照美丽乡村的建设要求，山中屯切实开展了"三清三拆"，该硬化的地方就硬化，该拆除的地方就拆除，该种树的地方就种树。村里明亮宽敞了许多。住房全部通过外立面改造，风格统一，"微菜园""微田园""微果园"显得很有错落感，群众过上了"家在林中，人在花中"的幸福生活。

"开展风貌提升和改造以来，我们村的房前屋后、村内道路变化非常大，村民的环境卫生意识明显增强，凝聚力、执行力也明显增强，做事都容易想到一块来了。美丽工作，让大家都自觉参与，更加团结。"村民韦瑞波说。

山中屯的花圃修得雅致，小广场铺设一新，体育器材安置有序。晚上小广场十分热闹，有人来跳广场舞，有人来锻炼身体，也有人坐在树下乘凉聊天，一派轻松悠闲的景象。

高速列车在不远处呼啸而过，列车上的乘客就可以望见这个美丽的村庄，这是山中屯最好的宣传。

人生最大的快乐是通过自己的劳动获得美丽的成果，这正是开展美丽乡村建设后柳江人最大的感触。

爱美之心人皆有之，村皆有之。每个村庄在美丽建设中，不断沉淀积累独特的村庄气质。

# "三来"经验

2019年10月24日，柳州市乡村风貌提升工作现场推进会暨"三清三拆"千村大会战行动会在柳江召开，时任柳江区委书记区军雄做了题为《三清三拆"三重奏" 唱响美丽乡村振兴曲》的乡村风貌提升工作经验介绍。柳江区以"发现美，保护美，修饰美，提升美"为目标，坚持精准切入、乡贤助力、模范带头、示范引领，扎实开展了乡村风貌提升三年行动，取得了实实在在的成效，探索出了一条具有鲜明特色的美丽乡村建设新路。

2021年柳州市委农村工作（乡村振兴）领导小组下文，表彰了2017—2020年乡村风貌提升示范村（"美丽柳州"乡村建设综合示范村）先进县区，柳江位列榜首。

不惰者，众善之师也。

八年的美丽乡村建设大会战中，柳江埋头苦干，取得了一系列振奋人心的成绩，从清洁乡村到生态乡村，从宜居乡村到幸福乡村，村庄的面貌日新月异，村民的生活蒸蒸日上。

柳江乡村建设的三大法宝是"发动起来，建设好来，传承下来"，这是从乡村建设到乡村治理、再到乡村振兴的重要措施和经验。

以党建为引领，把党员标杆树起来，对于乡村建设而言，至关重要。基层党支部和基层党员在村屯一级的作用不可小觑。党员的引领示范作用直接影响到美丽乡村建设的各个层面。

竹达、莲花、高平等村屯之所以能成为响当当的示范村，一个重要原因是村里党支部书记和党员以身作则。通过建立屯级党支部，夯实基层党组织建设，"党员做示范、青年当先锋、妇女树标杆、乡贤站排头"，带领村民做好人居环境整治，打造美丽村庄。

土博镇板贡村党支部书记韦柳平，就是一个能起到榜样作用的好党员。

"在高田、竹达经验的带动下，板贡屯的前后变化简直是一个天，一个地，韦柳平党支书确实不简单。"孙梅林十分赞许地说。

韦柳平先后荣获2018年柳州市"百名好支书"、2020年柳州市"最美退役军人"、2021年自治区优秀共产党员等荣誉称号。这是上级党组织和群众对他的充分肯定。

在韦柳平的带领下，板贡村民的"美丽"意识显著提升，板贡建设的脚步日益加快。

"你觉得在开展美丽乡村建设中，遇到的最大困难是什么？"笔者问韦柳平。

"发动好群众，拆除老旧危房，这个工作比较难做。"

学习了高田、竹达经验，特别是去赣浙一带学习村庄建设回来，他找到了破解难题的办法，"党员骨干带头，不管做什么，都要带头。"

2019年6月以来，在韦柳平和村里7名党员、10多名村民理事会成员的带领下，板贡屯积极开展"美丽板贡·幸福乡村"活动，掀起了建设美丽新家园的高潮。在"三清三拆"活动中，村民共拆房18间，扩宽了屯内巷道，打破了屯内道路只能过人、不能通车的尴尬局面，他们还对河道进行了综合整治，清理垃圾、杂草、淤泥200多吨，共花费资金36万余元，除了集体投入，主要来自群众自筹，就连外嫁女也源源不断地为家乡建设捐款捐物。

板贡屯党员和理事会采用党员站排头的模式，党员带头，标兵上阵，撸起袖子带头"三清三拆"。在韦柳平、韦松江两位党员带领下，土炮标兵、镰刀标兵、钩机标兵、锄头标兵、砌墙标兵、大厨标兵、捐款标兵不断涌现。

以前外村人提到板贡都摇头，板贡留给人的印象是脏、凌乱和交通不便。

"现在你来，在我们村道路上很难找到烟头，老人们都不乱扔烟头了，孩子也不乱丢垃圾了。我们分区轮值做卫生，包干到人，每个区2个人。7名党员骨干带头。哪个不在家的，另外一个人帮忙做好，各个区互相监督，看到垃圾就捡走。"

拆除危旧老房是一项十分困难的工作。

韦柳平是板贡村委有名的"硬汉"。但在工作中，他特别耐心，总是动之以情，晓之以理。他说："在动员村里一家拆除危旧老房时，我把那家的板凳都坐亮了。老人家的理由很多，就是不愿意搬。"

笔者问："那你怎么办，先放下？"

"一边推进美丽工作，展开三清三拆，一边进家动员，先后进家门10多次，慢慢和老人家建立起了感情，最终他还是同意了。"

"三清三拆"显现出板贡村的凝聚力，韦柳平一帮党员带动全村9个自然屯拆除危旧老房800多间。作为示范带头村,板贡屯吸引了周边数十个村屯的村民前来参观学习。他们对板贡的变化惊叹不已。

"这是我们村的贡泉,要做好村庄规划,一张蓝图干到底。"韦柳平眼里闪动着对未来的憧憬。

在"三清三拆"活动中,板贡人清理杂草,整治河道,建设天然游泳池、烧烤场、滑水场,打造1.5公里沿河景观,把板贡屯打造成了能玩水踏浪的休闲之地。

"贡泉"游泳池长约200米,可同时容纳1000以上的人游泳,带动村民家门口就业逾100人;板贡村蓝莓采摘园以"支部+合作社+农户"的发展模式,带动村民种植脆蜜金柑、沃柑等柑橘逾2000亩;每年吸引游客上万人,与周边景点一同打造板贡村旅游带。这是韦柳平的长远规划和愿景。

"在板贡村,无论大事小事,找韦柳平准没错,他不仅有能力有想法,还把全村的利益放在心里,我们都愿意跟着他干。有他在,我们有信心,我们相信板贡村一定会越来越好!"

在基层党支部,有千千万万个韦柳平在行动。支部大有可为,党员大有作为,正因有了全心全意为人民服务的党员,新农村建设才大有希望。

当然,美丽乡村建设,光靠党员、干部是远远不够的,必须要充分动员广大群众发挥主观能动性,激发他们的内生动力。群众是做好美丽乡村工作的主力军。发动群众,唤醒群众内在动力和内心力量,是最关键的工作之一。只有群众主动求变求好,积极参与进来、热情投身其中,乡村建设才能真正做好。

在推进美丽柳江建设中遇到了不少难题,其中最大的困难就是发动群众和组织群众。

起初，许多群众认为乡村建设是政府的事情，这是"上面让你们干的，你们不得不干，干不好要扣奖金的"；一些人甚至认为做了美丽乡村工作，政府就应该给我们配套项目，要不然就不做；有些群众出工出力，但是"等、靠、要"的思想比较严重，积极性不高，自觉性不强，干活草草了事；有些群众袖手旁观，连自己的门前空地、自家垃圾都要别人去清扫。

在美丽乡村建设推行之初，这些问题普遍存在。针对这一现象，柳江县（区）委、政府领导和"美丽办"的同志，经多次实地调研、座谈和深入分析后，发现根本的原因在于群众思想工作没有深入，没有到位，没有充分发动群众，没有紧密的依靠群众。经过面对面分析把脉，找准病根后，柳江提出了"欲美其乡村，必先提其心志"的思路，即要改变乡村的面貌，必须先从改变人的内心开始。

党委政府要求各级工作队，进村入户，必须深入动员，激发出群众的自生动力，引导群众意识到自己的家园，不能总是习惯性的脏、乱、差，通过自己和大家的共同努力，是可以建设得像花园一样的。

柳江的"灵魂六问"就是开展群众思想工作的一条宝贵经验。

以心印心，以心传心，明心、修身、治世，这是儒家治国之道的优良传统，同样适用于治理村庄。

通过发动群众，在环境整治中整合群众力量，全方位、多形式调动和激发群众的积极性、主动性和创造性，打造先进，树立典型，使"学赶超"有榜样、有借鉴，美丽乡村建设在柳江大地如火如荼地展开了。高田模式、竹达经验、莲花路径、平地家风等，就是发动群众、组织群众的成功案例。

利用典型，充分发挥带动示范作用，村与村结对子，也是实践中探索出的一条宝贵经验。这在高田和竹达的发展中体现得十分明显。

在美丽乡村建设之初，高田以积极向上的精神风貌，不等不靠，充分挖掘各种资源，探索出了"少花钱，多办事，不花钱，多出力，我手建我村，我手美我村，我手护我村"的"高田模式"。高田人在柳江引发了强烈的反响，各村屯纷纷到高田参观、学习。竹达在"高田模式"的激励下，不甘示弱，喊出了"高田能行，我们也能行"的口号。竹达和高田结成了对子，共享美丽经验和各种资源，实现了强强联合。

根据高田和竹达的经验，柳江组织了"美丽村屯结对子和赶学比超"活动，持续推进"三清三拆"千村大会战。各镇、村、屯的代表纷纷表态，将以"赶学比超"的精神，在美丽乡村建设中相互"攀比"，即：过去比吃比穿比喝，现在要比村屯特色优势、比良好的村风民风、比创建美丽家园的幸福生活。在模范村屯的带动和影响下，各村竞相攀比"美丽"，群众的自发动力被真正点燃，比学赶超搞清拆，齐心协力美家园。

进德镇的红花屯、老双桥屯相互"攀比"，喊出"双桥郎不让红花仔"的"三清三拆"竞赛口号；里高镇的板六、福基、兴龙、木祥等村屯相互"攀比"，鼓励群众"一万次心动，不如一次行动"；土博镇屯马屯发出了"山高路远屯深，我自龙马精神"，全村男女老少都行动起来，并带动周边村屯合力打造"柳版九寨沟"靓丽风景线。更多的村屯理事会骨干，每天在"美丽柳江"微信群里相互"攀比"，发送建设家园的照片……

美丽乡村建设不仅美了环境，更滋养了群众的向善向美之心。2020年新冠肺炎疫情暴发，村民自发捐款捐物支援疫区，用实实在在的行动，展现了柳江之美。

这正是柳江倡导美丽乡村新风尚的一个缩影。

**以村规民约为切入点，把长效机制确定下来。**

因势利导，水到渠成。村民自治，村民共治，是符合国情的民主。在农村，人民群众的日常生产生活大到婚丧嫁娶，小到吃饭扫地，涉及方方面面。实事求是地讲，有些事情是法律管不到的、干部管不好的，这就必须依靠村规民约来约束和规范。

在创建美丽乡村活动中，许多村屯的村民理事会逐渐意识到仅凭着一股热情，不足以持续地推进美丽乡村建设。为了更好地激励先进，引导和带动落后分子，理事会必须把村屯最想解决的问题，最想解决的矛盾融入到村规民约中，根据形势和发展需要，修改村规民约。

柳江在引导村屯制定完善村规民约时，尤其注重尊重民意，宁愿群众"拍桌子"（充分讨论），不要干部"拍脑袋"（照搬照抄），引导村民建立健全村民议事会、理事会、监事会等自治组织，让群众参与决策和治理的全过程，制定出密切契合本村实际的村规民约。柳江明确要求各村屯理事会，务必要通过召开村民大会的方式来制定本村屯的村规民约，务必请村民坐在一起，逐条讨论甚至争论，脸红脖子粗、拍桌子吵架都行，目的就是要让每个人都参与其中，充分发表意见，充分体现民主，确保制定出来的村规民约尊重民意、符合实际。柳江的村规民约文字通俗、浅显易懂，群众心服口服、自觉遵守。曾经有村屯理事会代表向"美丽办"索要村规民约，被"一口回绝"，"我们印制的东西，哪怕文字再华丽、图案再精美，不入群众的眼，不进群众的心，贴在墙上没人看，如同废纸一张！"

一套符合本村实际的村规民约，不仅仅要上墙，更要上心入脑。如土博镇甘仇屯村规民约："牢固树立社会荣辱观。坚持以讲卫生为荣，不讲卫生为耻""各家的牲畜如牛羊马，要严加看管，自家牲畜的粪便要立即清理，如拒不清理影响公共卫生的，每次罚扫全村巷道3天"；进德镇红花屯村规民约："村民打完农药空瓶不可丢在水沟或大路边""发现违反以上各项条约者，而且屡教不改者，将列入本屯黑名单行列内，不得享受各项村屯自治政策"，等等。这些村规民约，语言平白朴实，内容通俗易懂，可执行性强，群众心服口服、自觉遵守，具有真正的约束力和长久的生命力。

民风是一个国家和社会精神文明的基础。村规民约架构出良好的农村道德秩序和行为规范，这是农村进步的重要方面。

村屯根据自己的实际情况制订村规民约，规范自己的行为，建立政府、村集体、村民各方共谋、共建、共管、共评、共享机制，保障村民的决策权、参与权、监督权，这是对村民精神的一种重塑，增强了村民的集体意识、主人翁意识和责任意识。


**以乡贤为依托，把村庄治理人才培养出来。**

在美丽乡村建设活动中，人的因素至关重要。

除了各级工作队员、乡镇干部的辛勤努力外，以乡贤为主的村民带头人在其中发挥了非常关键的作用。柳江注重挖掘乡贤资源，创造乡村幸福生活。

柳江鼓励乡贤参与村民理事会的工作，注重发挥好他们在乡村治理方面的积极作用；鼓励他们通过带资回乡、引智建乡、出力为乡等不同形式参与美丽乡村建设。由于乡贤们大多见多识广，能为理事会注入新鲜活力，通过乡贤的参与和指导，理事会的决策水平能够得到提高，把村民拧成一股绳，推动乡村建设顺利开展。

高田乡贤覃启随，通过会议把群众的心凝聚在一起，共同创造了"高田模式"，成为美丽工作的风向标。竹达乡贤韦文隋，虽然只有初中文化水平，但长期在外经商，头脑活络，有想法，主意多。自己带头捐资出力，充分发挥自己从小在村里长大人头熟、号召力强的优势，一家一户做工作，统一了全村的思想，推动"三清三拆"工作迅速开展，总结出了"党员做示范、青年当先锋、妇女树标杆、乡贤站排头"的"竹达经验"。在乡贤韦庆功、韦应成的带领下，莲花以其先进的管理模式、快捷的整治和建设速度，打造出了"莲花路径"，成为柳江的新经验，受到了社会各界广泛关注。莲花屯的活动密集而丰富，成为网红打卡点。

在他们的示范带动下，进德红花、老双桥，拉堡汶村，三都久远等村屯一大批乡贤争先恐后参与家乡建设，在乡村法治建设、乡村文明治理等方面做出了突出贡献，走出了一条具有柳江特色的"乡贤+"乡村治理模式的探索创新之路。

各级政府、各村屯加强宣传引导，创新宣传方式。在做好报刊、电视、广播等传统媒体宣传的基础上，充分应用微信公众号与抖音号，扩大宣传渠道，通过微信推文、抖音直播等多种形式展示乡村建设成果，报道在乡村建设中涌现出来的新人新事，引起广泛地关注。

引导乡贤参与乡村治理，在8年的乡村建设中，柳江培育出一批懂产业、会管理的乡村振兴实用型人才，为乡村振兴提供支撑。

乡村振兴，关键在人。在今后工作中，要进一步鼓励和支持社会各类人才回乡干事创业，充分发挥新"乡贤"影响力，带动村屯发展、产业发展。这是把个人梦想与村庄梦想高度融合发展，共同推动乡村振兴之梦新举措。

时人莫小池中水，浅处无妨有卧龙。历史证明，把自身的命运同国家民族的命运联系起来，把爱家、爱村与爱国统一起来，将个人梦、家庭梦、村庄梦融入民族梦之中，是每一个人应"时"改"运"的不二法宝。

**以活动为载体，把村屯文化建起来。**

柳江注重因地制宜，打造各具特色的乡村文化，积极引导各村屯提炼出富有本村特色的标语口号，提升文化内涵，尽最大可能做到"内化于心，外化于行"。通过美丽乡村建设，挖掘文化，捡拾遗珠，逐步打造出具有本村屯的乡愁文化。因地制宜，彰显特色，注入文化元素，营造出和谐向善的乡土文化氛围。

高田屯的"互帮互助一家人，困难不出高田屯"，突出守望相助之风；塘边屯的"坚持一点一滴进步，踏实走好塘边道路"；竹达屯的"今天你把大家的事当成自己的事，明天你自己的事就成为大家的事"，强调个人服从集体的团结性；莲花人骄傲地喊出了"莲花盛开，蝴蝶自来"的口号；下伦屯的"接天莲叶无穷碧，下伦荷花别样红"则巧借古诗，流露出对美丽家乡的满满自豪；矮山屯的"建设家园，人人参与。山不在高，我自美丽"，佳偶屯的"幸福需要奋斗，佳偶并非天成"，石达屯的"志坚如石，幸福可达"，勉达屯的"勉善成荣，不求闻达"，毓秀屯的"钟灵毓秀，仍需奋斗"；老双桥屯的

"齐心铺就美丽路，幸福通往老双桥"；北弄屯的"北弄不白弄，努力就有用"等，都有各具特色的文化标签。在长久的宣讲和反复的诵读中，这些标语慢慢地浸润到村民的心里，潜移默化的变成村民的行为指南，化作建设美好家园的坚定不移的精神力量。

在农村，人们的生产生活属于典型的熟人社会模式。组织开展一些健康向上的群众文体娱乐活动，是增进团结、凝聚人心、改善村风的有效手段。在美丽乡村建设活动中，柳江注重组织和支持村屯开展各式各样的群体活动，积极助推乡村文明建设。

2020年5月17日，柳江区在竹达举办了一场"科普知识进美丽乡村"的活动，参与群众超过1000人，现场气氛热烈。歌舞表演、社科知识宣讲、有奖问答、互动游戏、民俗体验等轮番上阵，让群众在享受科普大餐的同时，得到了一次人文社科素养的提升和精神文化享受。

活动中，最开心最自豪的莫过于竹达的村民们。覃远芳笑着说："看到家乡变得那么漂亮那么干净，看到其他村的父老乡亲都来我们这里做客，我们真是开心。以前我们真是做梦都想不到会有今天。感谢党的好政策，让我们的日子越过越红火了。美丽竹达欢迎您！"

更多的村屯在端午、重阳等各种传统节日组织开展活动。矮山屯组织村民开展"我为妈妈洗次脚"献孝心活动，一位80多岁的老奶奶感动得老泪纵横："我活了80多年了，儿子第一次为我洗脚。"

柳江指导各村屯深挖特色，赋予文化内涵，使美丽乡村焕发持久的生命力。如高田屯，作为广西电影制片厂首部知青题材彩色电影《主课》拍摄地，有计划地在原址上重现电影场景，展现知青文化。竹达屯充分利用200多年建村历史，保留传统民房，对外展示浓郁的农耕文化和壮族文化，成功获评全国百佳旅游目的地。佳偶屯群众在石刻、书画、木工等方面展现特长，经常举办书画展、民间才艺竞赛，活动丰富多彩。

莲花屯理事会开展培训，带领村民学政策、学规范标准、学管理，培养一支具备现代管理知识和乡村治理能力的管理队伍。该屯突出长寿文化、红色文化和农耕特色文化，举办中秋团圆文化节暨厨艺争霸赛、乡村音乐节、七夕音乐会，创建儿童艺术团，成立读书会，带动全体村民特别是青少年积极参与学习传统文化，传承猫龙表演，打造文化村。

一些村屯则加强对乡村公共文化的创建，上谭屯、边山屯、高田屯、竹达屯等建成村史馆；紫藤花农庄客家文化展示馆正在建设；在规划中的还有渡村村史馆、刘家祠堂，等等。


**以共建为出发点，把各类资源整合共享起来。**

村是一个小社会。如果长期单家独户的劳作、生产，农村面貌将仍会长期处于缓慢发展态势。把零散状态的村民组织起来，依靠集体的力量，抱团发展，有利于解决村民致富、村集体经济收入等可持续发展问题。

开展美丽乡村建设活动，资金和物资是必不可少的基础。聚沙成塔，聚水成涓，只有各方力量共谋共建，乡村建设的道路才能越走越宽。

"百企洁百村"开创了政府、企业、乡村共建共享的一个极好的先河，影响深远。

在活动中，村屯群众自发组织捐款，根据自家经济条件，金额不限，捐款人姓名、捐款金额一律用大红纸在村里张榜公示，予以表扬。柳江区党委、政府因势利导，建立奖补机制，激励基层创先争优的信心和决心，先后出台了"以树代奖""以灯代奖"等工作方案，通过奖励花木果树、太阳能路灯等实物的方式，助推美丽乡村建设。柳江区把美丽乡村建设活动工作指标纳入绩效考核体系，对行动迅速、组织有力、"三清三拆"效果显著的村屯给予项目奖励，对年度美丽乡村建设排名前三的乡镇分别予以100万元、80万元、60万元的奖励经费。

整合旅游资源，柳江区精心打造"一镇一景""一村一品"等特色旅游品牌，以发展乡村旅游助力美丽乡村建设。在2015年，住建、农业、扶贫、水利、林业和环保等多个部门整合资金1200多万元，用于实施精品村屯建设。2018年之后，柳江区集中资金开展精品示范村屯建设，高田、竹达等村屯都获得了大笔资金，规划建设迈入了一个新阶段。

自治区级田园综合体项目"乡约·藕遇"是柳江区着力打造的重点工程，3万亩莲藕是主导产业，这是全国最大的双季莲藕种植基地。柳江充分利用以"山水·田园"为特色的乡村旅游资源，连续举办十届"柳江荷花文化旅游节"，助力推动美丽乡村建设。

推进美丽乡村建设中，柳江不断深入挖掘特色旅游文化资源，以下伦、建房等一批核心村屯为中心，开发乡村生态旅游休闲项目；加大推进高标准农田、土地治理、节水改造、骑行绿道、村庄风貌改造、赏荷栈道、污水处理等各类工程，以项目带动了周边数十个村屯的改变。

三都镇的"葱满幸福"，里高镇的"梨园花语"均为农业综合示范区，共建共享，形成产业支撑，共同打开美丽乡村建设的良好局面。2019年三都镇中觉屯被纳入柳州市"宜居乡村"综合示范屯建设项目，获得3000万元投资。中觉屯位于"葱满幸福"核心区域，该屯和周边村屯切实开展环境综合整治，基础设施逐渐完善，村容村貌大幅提升，群众幸福感、荣誉感倍增。

2018年开始，柳江开展"雪亮工程"项目建设——30户以上的自然屯，每个屯安装视频监控探头2个以上，2020年底全部完成。这一项目实现了城乡视频监控一体化，提升了群众的安全感。

柳江区党委、政府还把美丽乡村建设与脱贫攻坚工作有机地结合起来，为群众脱贫致富提供环境支撑、经济援助和政策支持。许多村屯聘请保洁员时，优先考虑、录用贫困户。

众志成城，鼓励引导，充分挖掘利用各种资源，形成共建美丽家园的强大合力。


不断巩固"清洁乡村""生态乡村""宜居乡村""幸福乡村"活动成果，推动农村环境综合整治常态化、制度化、法治化，向乡村振兴迈出坚实的步伐。

建设美丽乡村，推动乡村振兴，是一项长期工程，不可能一蹴而就，更不可能一劳永逸。如何培养群众长期自觉的行为习惯，美丽乡村如何能够长久保持并不断发展，是一道必须面对的作业题。柳江在这方面作了探索和尝试。

对标先进，永不止步。柳江组成各类考察团，适时到美丽乡村建设走在前列的浙江、江西、贵州等省市去考察学习，找差距，定标杆。

八年来，柳江一直致力于打造精品示范村屯，通过树立典型，让群众学有榜样，赶有目标；统筹推进村屯建设，做到点面结合，重点推进；全面完成了自治区下达的基本整治型村庄、设施完善型村庄、精品示范型村庄建设任务，不断总结经验，汲取教训，推动村庄持续发展。

2021年乡村振兴战略全面启动。在实施乡村振兴战略的过程中，更加要坚持以党建为引领，因地制宜，克服经济基础薄弱的实际困难，做到顺势而为，抢先发力。通过一系列得民心、顺民意的补短板项目，努力促进美丽乡村建设提标晋级，以壮大农村集体经济为突破口，促进产业发展，赋予美丽乡村更加丰富的内涵，努力让群众的获得感成色更足、幸福感更可持续，安全感更有保障。

许多村庄已经开始在规划设计本村屯的长远发展目标了。

2019年，柳江着重打造了进德九旦屯等四个乡村风貌提升精品屯。九旦结合民族习俗，精心规划设计仫佬族的生活起居馆，彰显浓郁的民族和人文风情，为旅游业发展奠定了良好的基础。莲花屯邀请知名村庄设计师设计发展蓝图。

规划先行。推进乡村风貌治理，必须要完成村庄规划编制。在美丽乡村建设过程中，柳江要求村屯注重科学规划，按照科学、美观、和谐的要求，坚持因地制宜，突出乡村特色和地方特色；突出自然美、整体美、和谐美，不搞"大拆大建"和"高大上"，尽量保持村庄原貌，留住乡愁；突出地方特色，深入挖掘村庄历史文化、风土人情和产业优势，高起点、高标准规划美丽乡村建设，努力打造富有特色的美丽乡村。2019年以来，已有10多个村委全面完成村庄规划编制，其他村庄的规划编制也在紧张进行。这对柳江今后的发展将起到重大的推动作用。

柳江在优化运行"户集、村收、镇运、市处理"垃圾收运体系过程中，构建了区、镇、村三级责任体系和镇、村、户三级网格管理体系，实施城乡"环卫一体化"机制，农村生活垃圾实现了全量化收集处理，从根本上解决了村庄清洁的长效管护问题。

我国已经出台了《生活垃圾分类制度实施方案》。在村庄的规划设计中，要进一步做好长效保洁机制，由一时清洁向长效清洁转变，把村庄清洁行动与农村垃圾污水治理、村庄绿化亮化、乡村文明建设有机结合，用制度推进垃圾分类简便化、参与全民化、管理长效化，整体提升村容村貌，提升村民整体素质。要让村民们看到美丽乡村建设带来的诸多好处，推动农业产业振兴，推动文化旅游融合发展，给村民们带来发家致富机会和希望。村屯的集体经济是摆在每一个人面前的重任。

2021年9月2日，华中师范大学柳州校友会助力莲花屯乡村振兴座谈会在莲花召开。柳江区委书记玉秋静对莲花屯的发展给予充分肯定，表示将全力支持莲花屯各项建设，把莲花屯打造成为柳江乡村振兴的美丽名片。

她指出，要逐步改善农村人居环境，建设美丽家园，探索出一条具有鲜明柳江特色的、可复制可推广的"党建引领、群众主体、乡贤助力"的乡村治理"柳江模式"。始终坚持把党的领导落实到乡村治理中，充分发挥村民群众自治的积极作用，走出一条乡村治理善治之路。注重因地制宜，打造各具特色的乡村文化和乡村风貌，指导村屯根据特色开展乡村建设，积极鼓励村屯提炼出富有自我特色的标语口号、村屯精神等乡村文化符号。

深挖村屯特色。一些村屯具有浓郁的知青文化和电影文化，具有丰富的农耕文化和民族文化，具有深厚的长寿文化和红色文化，要赋予这些乡村文化更广泛更深刻的内涵，使乡村治理和乡村振兴焕发持久生命力。

依靠组织及人才振兴去推动其他振兴，探索出"贤治助发展，智治促管理"的乡村治理"莲花路经"。这是柳江新一届区委对乡村建设、乡村振兴的全面肯定和提出的希望。

# 觉悟之美

农业强不强、农村美不美、农民富不富，决定着全面小康社会的成色和社会主义现代化的质量。

"要为每个美丽村庄注入灵魂，注入当地文化之魂，转变群众思想认识，提升群众发展理念和人文素养，这样的村庄才会走得更远，走得更好。柳江经验值得好好总结，推陈出新。"现任柳州市委农办主任、市农业农村局党组书记韦松凌说。

敢教日月换新天。柳江人在创建美丽乡村建设中摸索出一些可贵的经验。让村庄复苏，让村民觉醒，柳江一直朝着这个方向努力，不断探索，不断改进，不断前进。

要改变乡村的面貌，必须从改变人的内心开始，人的素质决定着美丽乡村建设的底色。柳江从村民的思想工作入手，使之"内化于心，外化于行"，切实解决了美丽乡村建设中突显的是"政府要做"还是"村民想做"的根本问题。

必须要有一个强有力的村民自治组织，制定接地气、可执行、能管理的制度，以制度管理村庄，做到以章理事，以制管事，创建出一个自治的村庄；必须要加强领导、指导和引导，根据村屯的实际精准识别，精准施策，做好村屯的发展规划和产业定位；必须要开启强有力的"乡贤+"模式，让领军力量在乡村建设中遍地开花，发挥村民带头人的模范作用……最重要的是，必须要创新美丽乡村建设模式，探索一种既能塑形更能铸魂的模式，激发群众的内生动力与建设热情，培育出有造血功能的美丽乡村。

在柳江大地上，一个村庄接着一个村庄，不断加强乡村基础设施，逐步健全环境卫生管理长效机制，打造了一批环境优美、具有示范作用的村屯。只要柳江人再接再厉，见贤思齐，汲取先进地区有益经验，切实推进农村人居环境持续改善，就一定能让农村生活更加美好，为"青山常在、绿水长流、空气常新"的美丽柳江写下生动注脚。

全面脱贫攻坚之后，乡村变得更加美丽幸福。全面小康不仅意味着物质上的富足，也包括优美宜居的生态环境、绿色文明的生活方式。要抓住实施乡村振兴战略的重大机遇，坚持农业农村优先发展，夯实农业基础地位，不断深化农村改革，推动农村进步和可持续发展。

台湾空间规划大师江雨同教授说，柳江美丽乡村建设要结合自然农耕法的推广和应用，让乡村还原原生态的气息，保留住大家最想看到的乡愁。美丽乡村建设不仅要做好空间规划，还要在自己村子的名字上大做文章，创建出符合地域特色既鲜明又有个性的美丽乡村……

这一片土地上，会蕴藏着多少美丽呢？

"幸福需要奋斗，美丽需要奋斗，未来需要奋斗"。

如今，柳江美丽乡村建设的意识与理念已深入人心，奋斗目标已达成共识，新生活、新观念蔚然成风，让我们一起携手向未来。

美丽接力，振奋民心。柳江将始终坚持"把群众发动起来，将乡村建设好来，让乡愁传承下来"的乡村治理路径，确保乡村社会充满活力、和谐有序，推动乡村振兴。许多村屯结合农耕自然法则，看得见山，望得见水，保留住村民乡愁乡音、一草一木，还原出原生态的田园气息，打磨出鲜明个性的美丽村屯。"荷塘月色""葱满幸福""梨园花语"等具有现代气息的特色农业核心示范区正向世人展示着美丽的容颜。

"醉美柳江·山水田园"逐渐形成具有独特风味的岭南风貌。许多村屯依托农业示范园区建设，努力向核心园区靠拢，在其中汲取养分。这些村屯与示范园区相互融合，相得益彰，犹如一幅幅山水田园佳作，千姿百态地展示着柳江的美，有力地推动了全域旅游的发展。

春风满面的时令，就去"梨园花语"吧。甘社、坡皂等村屯梨花满园，千树万树梨花开，充满了春的趣味。

炎热的夏季，就去"荷塘月色""乡约·藕遇"。田野中弥漫着藕香，骑行在山水间可以祛除尘世和内心的暑气。23公里长的骑行绿道，历经戈茶、矮山、下伦、建房直至高田等二十多个村屯，一路上穿过山林、河流、农田、荷园、菜地，美景不断，也可以去"柳版九寨沟"，木贯、水源、板贡等村屯清澈的溪水堪比"天池"。那水，极蓝，许多摄影师、诗人曾留下许多精品佳作。

秋高气爽之际，一路从竹达出发，雅中、莲花、舟村直至北弓，万亩稻谷、秋枫满眼，黄色橙色一片烂漫，收获的喜悦自从心来。

寒冬来临，就去"葱满幸福"，那是一片翠绿的天地。南合北合的山边，青砖灰瓦，雕花镂空的木头窗子，当年"三都大财主"所居之处，如今"旧时王谢堂前燕，飞入寻常百姓家"，时光里还有六都歌谣的记忆。三都或里高的一些村屯，村民用当地大理石制作的石头琴已经形成了产业，中央电视台曾进行过报道，石头琴已成为畅销的乐器。

志合者，不以山海为远。美丽的追求，会让每个平凡的日子熠熠生辉。在这一片热土上，有一群为美而奋斗的人在柳江大地上逐梦前行。

在新时代的春天里，让我们一起相约美丽柳江。

# 后 记

作为柳江县"美丽办"的创始人之一，为记录"美丽柳江"乡村建设活动始末，总结乡村建设得失，为今后开展乡村振兴、村庄建设和群众思想工作提供一些经验，笔者有了撰写此书的动力和源泉。

在数月的采访中，笔者见证了开展美丽乡村建设如火如荼的场面，见证了基层党员干部、乡贤和村民群众的劳动场景和精神状态，见证了村庄的发展。柳江851个村庄，无论是村庄的自然环境、社会治理，还是物质生活、村庄文化，都在发生着巨变。这是一部柳江人民美丽创业史、发展史和梦想史。本书中，以基层党员、干部、乡贤、普通村民为主体，以时间为序，多维度展现了乡村环境治理和建设的奋斗历程。

八年来，柳江县区领导一直是"美丽"工作的坚强后盾，从政策、机制到人力、财力、物力上持续推动着乡村建设。基于此，柳江乡村才得以向世人展露出独特的魅力，柳江的乡村建设才能取得不俗的战绩。

"美丽办"（乡村办）的同志夜以继日地奋斗在美丽乡村的最前线，他们用脚丈量大地，用心思考乡村治理，为推动美丽工作提供了有力的支持。他们既脚踩大地，又仰望星空，是具有乡村情怀的一代人、一群人。

分管美丽工作的乡镇领导发动群众，带领群众，推动乡村美丽事业，做出了不可磨灭的贡献。村庄的乡贤们，带资回乡、引智建乡，一步步带动群众改变村庄环境卫生，带领村民们发展产业，追逐梦想；村民们用自己的双手回答了什么是"改变"，什么是"美丽"，什么是"梦想"，建设一个什么样的新农村等问题。他们才是村庄真正的主人，绘就了一幅幅幸福安康的多彩画卷。

本书从采访、编写到出版，得到了柳江区党委政府的高度重视和乡村办的大力支持，乡村办的许多同志陪同笔者深入美丽乡村建设一线采访，许多镇村党员干部、乡贤和村民接受了采访。感谢乡村办、微柳江等微信公众号编辑们提供的资料。

在此，向为此书出版作出贡献和给予帮助的各界人士表示衷心感谢！

聚时一把火，散时满天星。愿"美丽"星火，继续闪耀在这一片大地上。

作者

2021年12月